KB007371

오래 머금고 뱉는 말

오래 머금고 뱉는 말

나댄다는 소리도 싫지만
곪아 터지는 건 더 싫어서

박솔미 지음

빌리버튼 billybutton

여는 글

우리의 발언도 소중해서

스스로에게 진실을 말하지 않는다면,
다른 사람에게도 그것을 말할 수 없다.

- 버지니아 울프

한 인간의 가치는
그가 무엇을 받을 수 있느냐가 아니라
무엇을 주느냐로 판단된다.

- 알베르트 아인슈타인

쉬는 시간에는 쉬어야죠.

- 박솔미

응?

이름난 사람들이 한 말은 주목을 받습니다. 누군가
는 곱씹고, 누군가는 분석하고, 누군가는 기억해주죠.

그에 비해 우리 보통 사람들이 하는 말은 외로운 편
입니다. 아무리 마음을 다해 울부짖어도 상대에게 스
미지 않고 공중에 흩어질 때가 많습니다. 때로는 나조
차도 내 말을 무시해요. 겨우 용기 내 했던 말인데도
돌아보며 부끄러워합니다. 당장 뱉어야 하는 말은 꿀
꺽 삼키기도 하고요.

지나온 시간을 한 편의 영화라 생각해봅니다. 대박
난 영화도, 굴지의 명작도 아니지만 어찌 됐든 저는 이
영화의 주인공입니다. 주인공은 명장면과 명대사를
남기기 마련이고요. 저 역시 30년 넘게 살아오며 제법
다양한 장면과 대사를 남겼습니다. 사랑의 언어를 속

삭인 적도 있고, 서슬 퍼런 욕설을 지껄이기도 했어요.

어떤 이유로든 뜨거워진 마음이 폭발할 때 함께 터져 나온 나의 발언들. '명발언'이라고 이름 붙여줬습니다. 명발언들이 탄생했던 장소와 시간을 향해 기억을 더듬어보았어요. 내뱉은 사람마저 잊고 사는 추억의 자리에서, 발언은 홀로 남아 이야깃거리를 지키고 있었습니다.

나의 명발언을 하나둘 헤아리며 스스로 많이도 놀랐습니다. 보통의 삶을 둥글게 둥글게 살고 있다고 생각했는데, 그게 아니었더군요. 삶의 중요한 대목에서 나름 치열하게 고민하고, 분노하고, 애썼다는 걸 깨달았습니다.

순간순간 최선을 다해 불타오른 나의 명발언들에게 열렬히 손뼉 쳐주기로 마음먹었어요. 보통의 삶에서

나마 이토록 열연한 자신에게 보내는 박수일지도 모르겠습니다.

물론 제게 명발언의 역사만 있는 건 아닙니다. 끝내 하지 못한 말들도 많아요. '그때 이렇게 말했어야 하는데…' 하며 후회하는 일들이 기억 속 한 뭉텅이입니다. 이들은 '불발언'이라 부르기로 했습니다. 불발해버린 말과 마음이 머무르고 있는 추억 속으로도 가보았어요.

'왜 똑똑히 말하지 못했을까?' 하며 옅게 원망하던 순간들. 천천히 살펴보니 그때의 저에겐 말 못 할 사정이 있었더군요. 주로 무언가에 짓눌렸기 때문이었어요. 상대의 권력, 스스로 짊어진 의무감, 은밀하게 학습된 태도에 눌려 할 말을 못했던 거죠. 각기 다른 불발언의 사정은 제가 살아오며 문득 피로하고, 슬프고, 서러웠던 까닭과도 일치했습니다.

불발언들을 향해 자책하던 마음은 거두기로 했습니다. 대신 꽉 끌어안아주기로 했어요. 그때 말 못 한 내 사정, 다른 사람은 몰라줘도 나는 이제 제대로 알았으니까요.

저의 명발언과 불발언 몇 가지를 책 안에 담았습니다. 친구와, 연인과, 부모와. 면접에서, 회사에서, 사회에서. 매일같이 겪는 상황, 혹은 날벼락 같은 순간에 탄생한 명발언과 불발언들. 여러분이 지나온 날들을 떠올리는 데 도움이 되길 바랍니다. 기억 저편에 분명 명발언과 불발언이 있을 거예요. 여러분이 다시 돌아와 손뼉 치고 안아주기를 기다리면서요.

너희 집 앞에 내려달라고 할게

도움이 될까

좋아는 할까

거절당할까

말하지 않으면

알 수 없는 일

오해한 걸까

간절한 걸까

필요 없을까

보내지 않으면

볼 수 없는 속

생각이 길어지는 탓에 불발언이 탄생하기도 한다. 특히 이런저런 핑계로 입을 다물며 누군가를 돕지 못하면 두고두고 찜찜하다. 도움이 간절한 사람 앞에서 끝내 불발한 말과 마음들. 그중에서도 고3 시절 여름밤에 삼켜버린 불발언을 꺼내본다.

내가 다니던 고등학교는 공부 한번 지독하게 시키기로 유명한 곳이었다. 수능을 앞둔 3학년들은 아침여덟 시에 등교해 밤 열두 시 삼십 분까지 자율 학습을 했다. 수능을 100여 일 앞둔 늦여름부터는 수업이랄 게 따로 없었다. 책상에 앉아 문제집을 풀고 또 풀다 새까만 밤이 되면 학교를 나섰다.

학교 가까이 사는 아이들은 삼삼오오 아파트 단지쪽으로 걸어갔다. 온종일 붙어 앉아 있었으면서도 그새 생겨난 이야깃거리로 수다를 떨며 하굣길을 산책길처럼 걸었다. 먼 동네에 사는 아이들은 부모님이 차로 데리러 왔다. 우리 아빠도 그랬다. 늘 같은 시각, 같은 자리에 주차하고는 나를 기다리셨다.

여름에는 시나브로 비가 쏟아졌는데, 그 밤에도 내렸다. 고향에서 쓰던 표현을 빌리자면 '억쑤로' 많은 비가 왔다. 걱정은 안 했다. 아빠는 비가 오나 눈이 오나 같은 시각, 같은 장소에서 날 기다리니까. 비가 오나 눈이 오나 학교에서 문제집을 푸는 고3처럼 말이다.

나는 오히려 밀도가 높아진 교실 공기에 눌려 진득하게 자리에 앉아 있었다. 평소와 다르게 한 문제 한 문제 푸는 맛이 좋았다. 시간을 충분히 쓰고 느리게 밖으로 나섰다. 곧 차에 올라타면 피하게 될 테니, 비는 기꺼이 맞았다.

아빠 차에서 몇 걸음 떨어진 곳에 낯선 그림자가 서

있었다. 우산 없이 그대로 비를 맞는 사람.

'누구지?'

몇 걸음 더 걸으니 우리 학교 교복을 입은 학생이라
는 걸 알 수 있었다.

'재 누구지?'

차 문손잡이까지 몇 걸음 안 남았을 때 얼굴이 보였
다. 공부 잘하고 똑 부러지기로 소문난 같은 학년 남자
애였다.

'아, 애구나. 근데 왜 우리 아빠 트럭 앞에 있지?'

전에 말이라도 한 번 섞어봤다면, "니 우산 없나? 가
다 내리달라고 하까?"라고 말했을 거다. 당시에 썼던

사투리만큼 묵직하고 구수하게 툭.

개가 아닌 처음 보는 사람이었더라도 분명히 먼저 말했을 거다. "누구세요? 무슨 일인데요?"라며 역시나 묵직하게 툭.

애와 나 사이는 좀 애매했다. 이름이 뭔지, 몇 반인지, 집이 대충 어디인지도 아는데 결정적으로 서로 말한 번 섞어보지 않았다. 종일 학교에 있으며 주워들은 이야기로 서로에 대해 속속들이 알고만 있을 뿐.

다만 나는 개가 비를 맞지 않기를 바랐다. 전우애랄까, 팀 워크랄까. 곧 같이 수능을 치를 친구인데 혼자 비를 오래 맞게 두는 건 반칙 같았다. 개가 감기라도 걸려 며칠 앓게 된다면, 그건 너와 나 모두의 패배일 것이다.

지금이야 수능 망친다고 인생이 덩달아 망하는 게 아니란 걸 잘 안다. 오히려 수능 정도는 망쳐줘야 거기서부터 더 멋진 서사가 시작된다고 믿는 편이다. 그땐 지금만큼 멀리 내다볼 지혜도 건방도 없었고, 수능 앞에 매우 진지했다. 진심으로 우리가 비를 맞지 않길 바랐다.

그런데 우습게도 내 마음을 의심하기 시작했다. 모른 척 슬그머니 차를 타고 가버리는 것이 최선은 아닐지를 살피는 질문이 꼬리에 꼬리를 물었다. 괄호 안에 써놓았듯, 어리석은 물음뿐이지만.

'친하지도 않은데, 갑자기 말 걸면 이상하지 않을까?'
(3년 내내 얼굴 알고 이름 알고 지냈으면 됐지. 그리고 안 친한 친구는 비 맞아도 되냐?)

'우리 아빠 차 트럭이라고 쟤가 거절하면 어떡하지?'

(그럴 리가 있나. 비가 이렇게 오는데 뭐라도 타야지.)

'이미 좀 늦었나?'
(아니, 쟤 아직 저기 서 있어. 얼른 가서 말해.)

'남자애 차에 태운다고 아빠가 이상하게 생각하면 어떡하지?'
(왜 아빠를 고조선 사람으로 만들지?)

'내가 좋아한다고 착각하면 어쩌지?'
(… 적당히 해라, 진짜.)

집에 돌아와 방으로 들어가는 순간까지 스스로 변명을 했다. 도울 수 없는 시간과 장소로 이미 멀리 와버렸는데도 말이다. 걔가 그날 밤 얼마나 오래 비를 맞았는지는 모르겠다. 기억하기론 언덕 하나를 넘어야 집이 나오는데, 거기까지 비를 맞고 간 걸까?

어찌 됐든 걔는 훗날 서울대 법학과에 입학한 데다가 이른 나이에 사법고시까지 패스했다는 소식이 돌았다. 박수를 보내며 축하할 일이다. 하지만 걔의 성공이 내 불발언 역사를 지워주진 않는다. 지금도 비가 대차게 내리면 그날의 나 때문에 옅은 죄책감이 든다.

대학에 가고, 회사 생활을 하고, 결혼해 아이까지 낳아 기르고. 살다보니 비 오던 그날 밤 같은 상황을 종종 만난다. 끼리끼리 농담에 도무지 끼지 못하는 복학생. 점심 먹으러 우르르 나갈 때 홀로 앉아 있는 회사 동료. 놀이터에서 아이와 노는 나에게 말을 걸까 말까 망설이는 초보 엄마.

도움이 필요할지도 모른다는 생각이 들면 이제는 먼저 말을 건다. 물론 나의 전적을 보면 알 수 있듯이 쉽지만은 않다. 먼저 말을 걸기까지 시간도 오래 걸리고, 굉장히 머뭇거린다. 다만 결국에는 용기를 낸다.

그림자 하나를 떠올리면서.

　우리 아빠 차 앞에서 비 맞으며 서성이던 그림자. 걔
야말로 얼마나 망설였을까? 내가 먼저 씩씩하게 물어
봤어야 했다. 도리어 거절당했을 수도 있겠지만, 그건
둘째 일이다. 창피할 일도 아니다. 오히려 '할 도리를
했다'는 성취감만 챙겨 홀홀 떠나면 되니까.

　입 꾹 다물고 지나와버리면 아무리 멀리 가도 그 자
리를 떠나지 못한다. 나라는 사람의 작은 조각이 2005
년 여름밤, 비 내리던 학교 어귀를 아직 맴돌고 있는
것처럼.

잘 살았으면 해

꼭 친해지진 않아도 되고

어느 아픈 날이 있겠지만

큰 사고는 없기를

그럴싸한 어른이 됐다면

멀리서 손뼉은 치겠지만

달려가 아는 척하긴 좀 그래

그러니까

나는 널

내가 널

세상에는

아직 요만한 단어가 없네

너무 큰 말들뿐이라

저도 커피 좋습니다

"커피 한잔 할까?"

얼른 한 잔 타 오라는
은근한 명령이

둘이 이야기 나누자는
공평한 신호가 되기까지

분명
이 발언이
역할을 했을 테죠

세상 모든 변화와 발전
앞에 있었을 한마디이자

내가 사랑해 마지않는
위대한 불평

"와 씨, 이건 좀 아니지 않아?"

말귀를 잘 알아듣는 것. 인턴이나 신입사원에게 중요한 덕목이지만 억울한 면도 있다. 업계 용어나 맥락에 대한 데이터가 많이 쌓여야 빠르고 정확히 알아들을 수 있는데, 그건 경력이 길수록 유리하기 때문이다. 인턴이나 신입사원이 말을 한 번에 못 알아듣는 건 어쩌면 당연하다.

한 회사 안에서 쓰는 전문 용어와 축약어들을 살펴보면 외국어나 다름없다. 말과 말 사이에 놓인 엄청난 내용들이 묶음 처리되기도 한다. 그중에서도 광고 회사에 다니던 시절에 들었던 인상 깊은 문장을 하나 소개한다.

"죽이는 아이디어 가져와."

죽이게 좋은 아이디어를 기획해오라는 의미이다. 하지만 상황에 따라 정반대의 뜻을 갖기도 한다. A안을

돋보이게 만들기 위해 별로인 B안을 하나 더 만들라는 거다. 이 경우 정말 '곧 죽을 운명인' 아이디어를 칭한다. 즉, A안이 살리는 아이디어가 되고 B안은 죽이는 아이디어가 된다.

따로 놓고 보면 나쁘진 않지만 다른 것과 비교해봤을 때 굳이 선택할 이유가 없는 그런 아이디어. 그걸 왜 만드느냐고? 백 가지 아이디어를 전부 다 광고로 만들 순 없는 노릇이기 때문이다. 좋은 아이디어가 수십 개 있어도, 결국 하나를 선택해 예산을 투입하고 제작해야 한다. 그러다보니 클라이언트가 정말 좋은 아이디어를 선택하도록 돕는 작전이 필요하다. 덕분에 한 아이디어를 살리기 위해 죽어야 하는 아이디어를 짜기도 한다. 이런 이유로 광고 회사에서 '죽이는 아이디어'는 상황에 따라 전혀 다른 뜻을 가진다.

사실 이 표현은 내가 카피라이터로 일한 지 4, 5년

정도 됐을 무렵 친구에게서 들은 이야기다. 프리랜서 디자이너로서 다양한 브랜드와 협업을 하던 친구가 이 주문을 잘못 알아듣고 진짜 죽이게 좋은 아이디어를 짜갔다며 후일담을 전했다. 왜 잘해줘도 난리냐며. 어느새 맥락을 훤히 파악하게 된 나는 친구가 그저 귀여웠다.

　나도 인턴 때는 당연히 못 알아들었다. 어느 날은 팀장님이 대뜸 '노트'를 갖고 회의실로 들어오라고 하셨다. 앞뒤 설명 없이 그 말만 남기고는 도로 획 들어가 버리셨다. 내가 팀에 합류하기 전부터 진행해오던 중요한 프로젝트라 나는 회의실에 못 들어가고 있던 상황이었다. 언뜻 봐도 여러 팀이 모인 중요한 자리 같았다.

　'노트? 공책이겠지? 근데 내 노트가 왜 필요하지? 노트 많으실 텐데. 아님 노트북인데 내가 마지막 부분을 못 들은 건가?

아득한 맥락을 읽어내려고 많은 고민을 했다. 나 빼고 다들 회의실에 들어가 있었으니 조언을 구할 선배하나 주변에 없었다. 인제 와서 회의실 문을 열고 "노트요? 아님 노트북요?"라고 묻는 건 나 같은 쫄보로선 상상할 수 없는 일.

마침내 노트가 잔뜩 쌓여 있던 팀장님의 책상을 기억해냈다. '그래. 노트는 많았어. 아마도 노트북이었을 거야. 현재 무쓸모에 가까운 내 노트북을 회의 때 쓰시려나보다.'라고 결론을 내렸다. 조용히 회의실 문을 열고 노트북을 내밀었다.

어떻게 됐냐고? '말귀 어두운 인턴의 우당탕탕 적응기'로 두고두고 회자당했다. 그렇게까지 웃긴 행동인지는 아직도 모르겠지만, 다른 팀 팀장님까지 나를 놀렸다.

"아~ 니가 그 인턴이구나? 노트 들고 오랬는데, 노트북 들고 온···. 너 X대 출신이지? X대 애들이 감을 빨리 못 잡더라고."

곁에 있던 선배가 나를 위로했다.

"흘려들어. 네가 잘못한 거 하나도 없어."

덕분에 그리 큰 실수를 저지른 건 아니라고 머리로는 이해할 수 있었다. 속으로는 잘못 없는 내 잘못이 부끄러웠지만.

그 뒤로 비슷한 일화를 하나둘 만들며 인턴 기간을 마쳤다. 내가 기억하는 것만 하나둘이지, 미처 모르고 지나간 에피소드도 제법 많았으리라. 그해에는 나를 비롯해 단 한 명도 정식 직원으로 채용되지 않았다. 나는 아직 졸업반이 아니었으니 그러려니 했다. 하지만 우리 중에는 직원으로 채용되지 못한 그해, 졸업을 미루고 학기를 연장해야 하는 오빠도 있었다.

이듬해 다른 광고 회사에서 한 번 더 인턴을 했다. 낯선 한국어와의 싸움도 다시 시작됐다. 같은 업계라 비슷한 부분이 많았지만 미묘하게 다른 맥락도 있었다.

사건은 첫날부터 벌어졌다. 교육받을 팀으로 가기 전에 며칠 임시로 함께 지낼 선배들을 소개받고 인사를 드렸다. 고참 선배가 작업 중이던 모니터에서 눈을 떼지 않고 말했다.

"솔미야, 우리 커피 한잔할까?"

'여기서 일하는 사람과 커피 마시며 이야기를 할 수 있다니. 얼마나 오고 싶던 회사였는데!' 다섯 잔이라도 마시고 싶은 마음을 꾹꾹 눌러 담아 대답했다.

"네, 좋습니다!"

그리고 10분 뒤, 선배가 다시 말했다.

"솔미야, 우리 커피 한잔할까?"

속으로 매우 놀랐다. '아까 대답을 너무 작은 목소리로 했나?' '혹시 귀가 어두우신가?' 이번에는 더 크고 분명하게 답하리라.

"네! 저도 커피 좋습니다!!!"

또 답이 없으셨다.

내가 뭘 놓쳤는지 한참 지나서야 알았다.

'아… 커피 타 오라는 말이었구나….'

누가 귀띔해줘서 눈치챈 게 아니라, 며칠 뒤 불현듯 스스로 깨달았다. 늦어도 너무 늦게 알아차린 거다.

"솔미야, 커피 두 잔 타 올래? 여기서 마시면서 이야기 하자."

이렇게 말해줬다면 좋았을 텐데. 내가 왜 커피를 타 야 하는지 궁금하긴 했겠지만, 의중은 바로 알아챘을 거다. 이런저런 설명 없이 운만 띄우니, 선배의 청력 따위를 의심하는 바보 인턴이 돼버렸지, 뭐람.

커피 타 오라는 말은 못 알아들었지만, 일은 어찌어 찌해낼 것 같았나보다. 계절이 두 번 바뀌고 나는 정식

사원으로 입사했다. 이듬해 회사에는 사내 카페가 생겼다. 커피 심부름 문화도 자연스레 바뀌었다. 먹고 싶은 사람이 카페로 가서 직접 주문해 먹는 방식으로.

돌이켜보니 나도, 선배도 '커피 심부름'을 어떻게 다뤄야 할지 모르는 과도기였던 것 같다. 오히려 후배가 커피 심부름하는 것이 당연지사였던 옛 시절이라면 나도 얼른 눈치를 챘을 거다. 혹은 지금처럼 누구에게든 커피 타 오라 마라 시키는 것이 확실히 상식에 어긋난 시대였다면? 선배 역시 내게 그런 식으로 커피를 청하지 않았을 거라 믿는다.

휘휘 저어 타 먹는 커피 믹스 광고를 볼 때, 나는 그날의 빗나간 대화를 생각한다.

"커피 한잔할까?"
"네, 저도 커피 좋습니다."

어느 날에는 내 발언을 탓하기도 한다. 커피는 어떻게 드시는지, 탕비실에서 제가 타 오면 되는 건지 센스 있게 물어봤으면 좋았을 텐데. 또 어느 날에는 선배의 발언에 책임을 돌린다. 첫날이라 가뜩이나 긴장해 있었는데, 좀 정확히 말해주지. 아니, 오히려 커피를 타서 갖다 주며 이야기를 시작했다면 완벽했을 텐데.

앞으로 누가 내 행동을 기대하며 애매하게 말한다면? 그렇게 은밀히 나를 평가하려든다면? 정확히 되물으리라. 발언 하나라도 불발하기에 아까운 상황이 있기 때문이다. 1개월 혹은 3개월이면 끝나버리는 인턴 기간처럼, 가진 발언의 화살이 몇 개 없을 때는 용기 내서 정확히 되묻는 편이 좋다.

혹시 반대 입장에 선다면? 알 듯 말 듯한 한국외국어 때문에 누군가 망설이는 모습을 목격한다면? 그걸 평가하려 들지 말고 얼른 힌트를 줘야지. '너도 한번

당해봐라'보다는 '이때는 이게 참 헷갈렸지'라고 기억해야지. 나의 발언이 누군가에게 수수께끼로 남기보단 친절한 힌트가 되길 바란다.

떠 있던 달보다 올라올 해가

더 가까울 때까지

종종 사무실을

홀로 지키던 박 대리

막내들은 들여보냈고

선배들은 더 먼저 갔고

정리라는 얇은 두 글자가 억울하리만치

두껍게 쌓인 일감을 다듬다

기분 탓인가

복도 끝 누군가 노려보는 것만 같아

그만 가야겠다 가방을 두르다

잠깐 나도 몰래 볼 게 있지

어느 선배님 책상을 가까이 훑었습니다

〈세상은 누군가의 업무로 돌아가고 있다 - 조지아커피〉

한편에 붙은 단단한 손글씨

내가 밤새 요만큼 밀어놓은 힘으로

날 밝고 세상이 휘익 돌 때

속도가 좀 붙으려나

새벽 해처럼 붉게 부풀어

퇴근을 했답니다 선배님

아저씨, 방금 저 치셨어요

남의 표정이

아무리 험악해도

저쪽 상황이

저리 구구절절해도

누르면 섬찟한 내 멍 자국

스치면 여전히 아린 딱지 자리도

잊지 말고 알려야 합니다

지금 소개할 사건은 내년이면 국민학교에 간다고 부풀어 있던 때의 일이다. 국민학교에 입학하고 2학년이 되던 해에 초등학교라고 고쳐 부르기 시작했으니 꽤 옛날이다.

동네 골목에서 놀고 있었던가 아니면 슈퍼마켓에서 콩나물 500원어치를 사 오는 심부름 중이었던가. 익숙한 길을 따라 집으로 오다 자동차 범퍼에 허벅지를 부딪혔다. 상가에 주차하려고 서행하던 차였지만 꽤 커다란 타격음을 내며 나를 쳤다. 소리에 놀라 다리를 내려다보니 굉장한 무게가 들어왔다 나간 듯 얼얼했다.

소리와 촉감이 약간의 시차를 두고 전달되자마자 내 눈에 들어온 것은 우락부락한 운전자의 얼굴. 40대 중후반의 아저씨였는데 표정이 좋지 않았다. 나를 원망하는 눈, 코, 입에서 금방이라도 욕이 쏟아져 나올 것 같았다. 왜 거기 서 있었냐고 아저씨에게 혼날 것이 분명했다.

나의 선입견이었을까? 당시 일곱 살이었지만 사리를 분별하기 시작한 2, 3년 간의 경험에 의하면 그런 상황에서 아저씨들은 화내며 욕을 했다.

아저씨가 차 문을 열고 나오기 전에 잽싸게 집을 향해 달렸다. '달릴 수 있을 정도였으면 크게 안 다쳤나 보다?'라고 그 시절 나에게 물어봤는데, 소녀는 당시 감각을 정확히 기억하고 있다. '아팠는데, 거기 서 있었다고 혼나는 게 더 무서웠다.'라고.

피해자가 뺑소니해버린 초유의 사건. '화난 어른'이 주는 공포는 아픔도 잊고 내달리게 하는 힘이 있었던가. 집으로 돌아와 얼얼한 다리를 내려다봤다. 여전히 불안했다. 이번엔 또 다른 상황을 예감했기 때문이다. 바로, 엄마에게 혼날 일이 두려웠다.

'그러게 주변을 제대로 살피고 다녀야지. 네가 왜 도망쳤냐. 아저씨, 우리 엄마한테 전화 좀 해주세요. 그런 말도 똑바로 못 하냐. 그래서 내년에 학교는 어떻게 가냐.' 엄마의 꾸중이 대충 그려졌다. 이 또한 본격적인 훈육이 시작된 지난 2, 3년간의 경험에 의하면 확률은 99.999%였다.

시간이 흐를수록 허벅지 통증이 예사롭지 않았다. 여느 때처럼 놀이터에서 넘어져 무릎이 까진 것과는, 사건의 크기가 완전히 달랐다. 이 크고 무거운 사건이 혼자만의 비밀이라니. 힘에 부쳤다. 결국 아주 늦은 밤이 되어서야 엄마에게 말했다. 그리고 정확히 예견한 시나리오대로 혼났다. "그걸 왜 지금 이야기하냐."라는 말까지 덤으로.

어린 나이에 너무 많은 것을 읽고 두려워했다. "아저씨, 방금 부딪친 거 너무 아파요."라고 말하며 멀뚱

멀뚱 서 있었어도 됐을 나이. 아니, 그 자리에서 냅다 울었어도 자연스러웠을 나이. 사람들의 표정과 지난 경험으로부터 뭘 그리 읽어내려고 했을까? 아마도 소란을 덜 일으키고, 모두가 행복한 방법을 꾀했던 것 같다. 비록 내가 아프다는 말을 못 하더라도 말이다.

나는 이 사건을 생각보다 금방 잊었다. 무슨 일이 있었는지, 무슨 말을 못 했는지도 잊은 채 잘 살았다. 어린 시절이었으니 살았다기보다는 자랐다고 하는 게 맞겠다. 몸과 마음이 쑥쑥 자라 고등학생이 되었을 때, 불현듯 이 사건이 나를 다시 세게 두드렸다.

우리 가족은 여름이면 가까운 바다나 계곡으로 피서를 갔다. 나는 방학에도 보충 학습을 하러 학교에 가는 나이가 되며 자연스레 열외가 됐다. 부모님은 초등학생인 동생만 데리고 여전히 바다로 산으로 다니셨다. 하루는 집에 와 보니 엄마의 팔에 붕대가 칭칭 감

겨 있었다. 내가 놀란 표정을 하고 있으니 동생이 재잘
댔다. 가족 모임으로 계곡에 놀러 갔는데, 엄마는 물에
들어가지 않았단다.

"그래도 이까지 왔는데 발이라도 담가보이소."

아빠 친구가 엄마를 물가로 끌었고, 엄마는 그럴 만
한 이유가 있어 한사코 내뺐다고 한다. 그러다 휘청하
며 넘어졌는데 그때 돌을 잘못 짚어 손목이 삐끗한 거
란다. 나는 바로 알아챘다. 엄마가 생리 중이라 물에
안 들어갔다는 걸. 엄마가 참 안됐다고 생각하던 찰나
아빠가 넌지시 덧붙였다.

"병원 가는 차 안에서 느그 엄마가 얼마나 울던지…."

화들짝 놀랐다. '울었다고? 울어도 된다고? 머릿속
에 불꽃이 파바밧 튀었다. 봉변을 당하면 울어도 되는

구나. 상대방이 어른이어도 내가 어른이어도 상관없는 거구나.' 차에 부딪히고도 냅다 집으로 도망간 어린아이가 떠올랐다. 그때 나도 울었어야 했는데. 갈 수만 있다면 어린 나에게 가고 싶었다. 아저씨 표정이나 살피던 나에게 꼭 해주고 싶은 말이 있었다.

"아프면 울어. 지금은 우는 게 맞아. 아저씨가 너를 혼내는 상황이 아니라 네가 아저씨를 혼내는 상황인 거야. 울어, 울어."

너무 늦어서 전할 수 없는 불발언은 계몽에 가까웠다. 지금 생각하면 우스우리만치 귀엽지만, 당시에는 너무 대단한 걸 깨달아 온 세상이 훤해진 것 같았다. 내가 거기서 주저앉았어야 아저씨가 비로소 "많이 아프니? 걸을 수 있니? 부모님께 전화해서 오시라고 할래?"라고 물었겠구나. 엄마도 곧장 달려와서 나를 안았겠구나. 그래, 울어도 되는 거였어!

아프면 울어도 된다. 아픈 만큼 누워도 된다. 다른 이의 표정을 살피느라 나의 공포, 아픔, 불만을 삼키며 불발언을 남겨선 안 된다. 이건 기억 속 어린 소녀에게만 해당하는 이야기가 아니다. 고통이라는 녀석은 우리 모두의 곁에 똬리를 틀고 앉아 나를 덮칠 순간을 노리기 때문이다. 어느 타이밍에 어떤 발언을 해야 고통이라는 녀석에게 선방을 날릴 수 있을까? 답이 될 만한 발언 두 가지를 소개한다. 날벼락 같은 아픔을 다르게 해소한 두 친구의 이야기다. 하나는 통쾌한 명발언이고 하나는 슬픈 명발언이다.

고등학생 때의 일이다. 친구들과 나란히 하교하던 중이었다. 아니, 보충 수업을 째고 놀러 가던 길이었나? 아무튼 우리는 길을 걷고 있었고, 10미터 앞에는 주차된 차와 한 아저씨가 서 있었다. 그는 차 실내를 정리하던 중이었다. (의도한 건 아닌데 이런 기억 속의 객체는 늘 아저씨다. 그들은 내가 살아오며 부딪혀야 했던 어떠한

'대상'이었던 게 분명하다.)

아저씨는 지나가는 우리를 미처 못 봤는지, 차 안에 깔아놓은 시트를 밖으로 꺼내 확 털었다. 공중에 흩날린 온갖 먼지와 쓰레기가 우리 얼굴을 강타했다. 다음엔 더 불편한 것이 기다리고 있었다. 바로, 알아서들 피해 지나가지 왜 이리로 걸어왔냐는 듯한 아저씨의 표정. 다들 경황없이 캑캑댈 때 한 친구가 까랑까랑한 목소리로 화를 냈다.

"아저씨!!! 사람 다니는 길에서 이런 걸 털면 안 되죠!!!"

기침을 해대는 와중에도 친구가 멋있어서 속으로 박수갈채를 보냈다. '어른한테 저렇게 말해도 되는 거구나. 하긴 잘못은 아저씨가 했으니까.'라는 깨달음과 함께. 당시엔 몰랐는데, 곱씹어보니 친구는 우리를 사람이라고 칭했다. 어른 대 아이가 아니라 사람 대 사람

구도에서 생각하고 분노한 거다. 친구의 말에 그저 감탄할 뿐인 나와, 사람으로서 마땅히 화를 낸 친구. 불발언과 명발언의 차이는 바로 거기에 있었다.

또 다른 발언은 대학생 시절 이야기다. 광고 회사에 입사하길 희망하는 학생들은 철마다 공모전에 참여했다. 전략을 세우고 크리에이티브 아이디어를 도출한 다음, 이를 프레젠테이션 문서로 완성해 제출하는 방식이었다.

소개할 발언의 주인공 역시 형들과 함께 공모전에 참여했다. 당시 시각디자인 전공이었던 그는 프레젠테이션 문서 디자인을 도맡았다. 이런 부류의 작업이 늘 그렇듯, 마감 시간에 쫓겨 허덕였다. 며칠은 잠도 못 자고 컴퓨터 앞에 앉아 수정에 수정을 거듭했다고 한다. 계속 바뀌는 전략을 따라 디자인도 이리저리 수정해달라고 주문해대는 형들. 그는 조금 쉬자는 말은 차마 못 하고 계속 디자인을 손보다 이런 발언을 남겼다.

> "형, 저 속이 안 좋은데 토하고 와서 계속해도 될까
> 요?"

나도, 아이도, 어른도, 누구도. 부디 이런 못 말리게 슬픈 발언이 나올 때까지 참지 말았으면 좋겠다. 그러려면 아프다고, 좀 쉬자고, 힘들다고 말하는 사람을 타박하지 않는 환경부터 만들어야 한다. 괴로움에 대해 발언하지 못하는 곳에서, 공동체가 무엇을 거머쥔들 의미가 있을까.

나이를 잊고 산다는 말이
근사한 철학이 아니라

어디 늘어지게 앉아
손가락 한 마디에 내 나이 하나씩
꼽아볼 틈이 없단 소리라지

아저씨도 그랬던 거예요?

오늘도 깔딱고개 곡예 넘듯
겨우 사는데

넌 또 왜 거기 부딪혀 서서
나에게 장난을 거니

박박 긁으며 버티다

바닥을 본 날에는

거울에 아저씨 표정이 보여요

이런 게 어른인 건가

쉬는 시간에는 쉬어야죠

쉬는 시간에는
쉬어야죠

퇴근을 했으면
일 얘기도 그쳐야죠

잘하고 있는데
잘하고 있느냐고
묻지 말아야죠

열심히 하는데
열심히 하느냐고
보채지 않아야죠

틀린 말은
하나도 없는데

왜, 틀린 말을
하는 기분이죠

회사에서 단발 프로젝트를 진행하려고 만든 조직에 합류한 적이 있다. 서로 다른 분야의 일을 하던 사람들이 모여 임시로 꾸린 팀이었다. 나와 비슷한 시기에 합류한 팀원 대부분은 앞으로 맡을 일과 전혀 다른 커리어를 갖고 있었다.

팀의 개국 공신이나 다름없는 몇 분이 모이는 회의에, 어쩌다 나도 참여하게 되었다. 얼른 회의실을 빠져나왔어야 했는데 우물쭈물하다가 그대로 참여한 거다. 들자 하니 회의 주제는 '어떻게 하면 이 팀의 전문성을 빠르게 높일 수 있을까?'였다.

주제넘게 회의실에 머물게 된 나. 순식간에 '새로 합류한 사람들'의 대표가 되어 질문을 받았다. "어떻게 하면 여러분들이 전문 지식을 빠르게 습득할 수 있을까요?" 나는 대표 발언을 하는 것이 부담스러워 말을 아꼈다. 뭐라도 잘못 제안했다가는 회의실 밖의 사람들에게 원망을 살지도 모른다는 생각에서였다.

그때 누군가 이렇게 제안했다.

"쉬는 시간에도 ○○ 관련 이야기를 주고받는 걸 규칙
으로 삼으면 어때요? 점심 먹거나 커피 마실 때도 무
조건 ○○ 이야기만 하는 거예요."

(여기서 ○○은 팀이 맡은 주요 업무와 관련된 단어다. 주식,
건축, 홍보, 음악, 스포츠 등 무엇을 대입해도 이야기를 이해하
는 데 문제는 없으리라.)

'쉬는 시간'과 '규칙'이 한 문장에 들어갈 수 있다
니! 적잖이 놀랐다. 무엇보다도 그가 그런 말을 할 사
람이 아니라서 놀랐다. 살면서 만나본 동료 중에서 손
에 꼽을 만큼 총명하고 사리 분별이 명확한 사람. 다만
그는 ○○를 매우 잘 알고 있는 베테랑이었다. 그래서
쉬는 시간에 ○○ 이야기만 하는 규칙을 구상할 수 있

었던 걸까.

내 생각은 달랐다. 쉴 때도 일을 좀 해주십사 부탁하는 이야기로 들렸다. 나와 비슷하게 합류한 동료들도 그렇게 받아들일 확률이 높았다. 반대하기로 마음먹었다. 다만 정중히 말하리라. 일하기 싫다는 이야기로 왜곡되면 안 되니까.

나의 발언은 이러했다.

"쉬는 시간에는 그냥 쉬었으면 좋겠습니다."

"여기 계신 분들은 최소한의 인원으로 프로젝트를 여기까지 키워내셨어요. 쉬는 시간은 물론 밤낮없이 일하시면서요. 그런데 이제는 더 신선한 팀을 꾸리기 위해 개성이 강한 우리들을 모았어요. 그러면 다르게 대해주셔야 할 것 같아요. 저희를요."

"쉬는 시간에는 각자의 다양한 경험을 토대로 신나게 잘 쉬는 게, 저희가 이곳에 온 취지에 더 맞을 것 같아요. 그리고 원래 쉬는 시간엔 쉬는 게 맞고요."

기억을 더듬어 글로 정리한 것이라, 실제 발언과는 조금 다를 테다. '음, 저기, 그러니까, 어…'를 사이사이 덧붙였고, 매우 더듬거렸다. 어찌 됐든 우리의 의견 차이를 세대 차이에 비유하며 '쉬는 시간에 그냥 쉬고 싶습니다.'라고 주장했다.

나 같은 쫄보가 그런 명발언을 할 수 있었던 것은 다 믿는 구석이 있어서였다. 회의실에 모인 사람들 모두를 신뢰하고 있었으니까. 총명한 그들이 내 말을 비꼬지 않고 들어줄 거라 확신했다. 내 말을 곡해할지도 모른다고 조금이라도 의심했다면 용기 내 발언하지 못했을 거다. 여태 먹은 회사 눈칫밥이 얼만데. 말이 통할지 아닐지는 이제 피부로도 느낀다.

역시나 나의 의견을 모두가 진심으로 이해해줬다. 제안도 정중히 취소하셨고, 그 뒤로 내 발언을 후회할 만한 일 역시 일어나지 않았다. 심술궂은 사람들은 이런 경우 뒷이야기를 만들거나 치사한 복수도 하던데 말이다.

그럴 사람이 아닌데 엉뚱한 제안을 하는 데는 나름의 사정이 있을 거라는 생각. 진심으로 설명하면 오해 없이 정당하게 반대할 수 있다는 믿음. 나는 우물쭈물하는 겁쟁이라서 이런 확신 없이는 쉽게 입을 못 뗀다. 훌륭한 청자가 있었기에 나도 명발언을 할 수 있었던 거다.

몇 년 뒤, 자발적으로 부서를 옮기게 되었다. 새로운 팀에서는 희한하게도 서로 외모 칭찬을 하며 인사를 주고받는 문화가 있었다. 불편한 마음을 추스르고 분위기를 지켜보기로 했다. '왜 서로 외모 칭찬을 하는

거지? 내가 예민한 건가? 공식적인 자리에서 이런 말은 삼가야 하는 거 아닌가?'

"예쁘다", "우리 중에 제일 예쁘다" 혹은 "잘생긴 오빠"라는 말을 회의 도중 주고받는 걸 더 듣고 있을 순 없었다. 결국 상사에게 정중하게 메일을 보냈다. 상사에게 말한 이유는 누구 한 사람이 아니라 상사를 포함한 모두가 그런 발언을 주고받았기 때문이다. 이 이상한 문화를 함께 멈추려면 리더의 힘이 필요했다.

메일의 내용은 아래와 같다.

'부서마다 문화가 다르다는 것 잘 압니다. 어색함을 깨고 얼른 친해지려는 의도로 칭찬을 주고받는다는 것도 알고요. 하지만 공식적인 자리에서 외모에 대한 언급을 삼가야 합니다. 예쁘다는 말, 잘생겼다는 말을 의도적으로 줄여봅시다. 우리의 외모는 업무와 상관이 없으며, 각자의 생김새는 매우 개인적인 영역입니다. 이를 두고 비난하는 것은 물론 칭찬하는 것도 부적절합니다. 특히나 일하려고 모인 사람들에게 덜컥 외모 칭찬부터 해버리면, 분위기를 의식해 겉모습에 과하게 신경 쓰게 됩니다. 회사에서 내가 어떤 존재인지를 거울 앞에서 판단하지 않도록 도와주세요.'

이후론 인사처럼 주고받던 외모 칭찬이 눈에 띄게 줄었다. 기뻤다. 영향력을 발휘했다거나, 틀린 걸 옳게 고쳐놓았다는 쾌감이 아니었다. 내 말이 통했다는 것이 기뻤다. 오해 없이 들어줘 고마웠다. 불발언 혹은 오발탄이 될지도 몰랐던 말을 명발언이 되게 해줘 고마웠다. 덕분에 앞으로 어떤 곤란한 상황이 닥쳐도 나는 발언할 수 있다. 정중하되 정확하게 말하면 이해해 줄 거라는 믿음이 있으니까.

저번 회사 저번 팀에

내가 좋아했던 동료들이

진짜 많았거든

얼마나 좋았냐면

나중에 크면

그들 같은 어른이 되고 싶었어

아 너무 늦었나 그건

마지막 퇴근길에

주섬주섬 돌아 나오다

에라 모르겠다 꽉 안았어

내가 진짜 좋아했어요 언니

마지막에 이 말은

차마 못 했지 아마

이래서 회사를 못 끊는다니까

예닐곱에 한 명은

진짜 너무 괜찮은 사람이

거기 있거든

제 손 잡지 마세요

속이지 말고

삼키지 말고

보태지도

빼지도 말고

무서워 말고

살피지 말고

더듬지도

다듬지도 말고

그때 말할걸

정말 싫다고

대학 시절에는 최대한 많은 것을 경험하려고 애썼다. 낭만을 이유로 말이다. 일찍이 고등학생일 때부터 드라마에 나오는 대학생의 모습을 위시리스트에 하나둘 올려뒀었다. 카페 아르바이트도 그중 하나였다. '나도 서울로 대학 가면 꼭 카페에서 일해봐야지.' 그게 얼마나 고단한 일인지도 모르고 철없이 결심했던 거다.

무사히 스무 살이 되었고, 대학에 입학하며 상경하게 되었다. 신촌의 한 카페에서 아르바이트를 뽑는다는 공고를 보고 지원했다. 인터넷으로 서류를 제출하고 그러던 시절이 아니다. 카페 밖에 붙은 모집 공고를 보고는 불쑥 들어가 사장님과 주방장님께 인사를 드렸다. 사장님은 "그럼 내일 몇 시까지 와라."라는 마지막 말로 고용 사실을 확인해줬다. 계약서는 따로 없었고 시급이 얼마라는 것만 통보했다.

상관없었다. 나는 아르바이트 그 자체가 하고 싶었으니까. 감사하게도 나는 용돈을 넉넉히 받는 학생이었다. 눈 뜨고 있어도 코를 베어간다는 서울로 첫째 딸을 보낸 부모님은 매주 용돈을 부쳐주셨다. 밟아본 적이 없어 얼마나 차고 단단할지 가늠되지 않는 서울 땅. 거기서 딸이 동동거리는 모습은 상상도 하기 싫으셨을 테지.

덕분에 나는 마냥 설레는 마음으로 주문을 받고, 음료와 식사를 나르고, 설거지도 했다. 이 모든 것이 드라마에 나오던 장면과 일치한다는 마음에 무엇이라도 된 것 같았다. 진짜 서울에 온 것 같았고, 진짜 스무 살이 된 것 같았다.

카페는 늦지 않은 시간에 끝났다. 주방장님은 카페에 딸린 쪽방에 사셔서 따로 퇴근이 없으셨고, 카페에 상주하며 사주나 타로를 보시던 할아버지는 일찍 댁으로 가셨다. 사장님과 나는 같이 퇴근했는데 300미터 정도 가는 방향이 같았다. 피차 피할 수 없는 어색한 동행 길에 사장님은 꼭 내 손을 잡았다.

지금이야 이것이 업무 위계를 이용한 추행이라는 걸 알지만 그때는 몰랐다. 손을 잡히는 나도, 손을 잡은 그도. 그의 편을 들 생각은 없지만, 손을 잡고 걷는 시간은 두 사람 모두에게 부자연스러웠다.

손잡는 것 이상의 무언가를 더 시도하면 본때를 보여주려고 벼르고는 있었다. 그런데 그는 늘 신호등 앞에서 "잘 가라~" 하고는 사라졌다. 나도 "안녕히 가세요."라고 답하고 갈 길을 가는 것 외에는 딱히 취할 행동이 없었다.

'내가 예민해서 불쾌한 건가?'하고 스스로를 의심도 했다. 그 '불쾌함'이 잘잘못을 따지는 최초의 판단이자

최후의 기준임을 이제는 안다. 하지만 그때는 몰랐다. 카페에서 아르바이트를 하던 그 시절은 당사자인 나도, 그도, 시대도, 의식이 한참 떨어지던 때였다.

무엇보다 뭐라고 말하며 손을 빼야 할지 몰랐다. 분명 뻘쭘해질 테니까. 다음 날 다시 카페로 가야 한다는 생각도 나를 가로막았다. 먹고사는 것이 힘들어 아르바이트를 한 것도 아니고 순전히 낭만을 채우려고 시작한 일이라, 연락 두절하고 출근하지 않아도 문제될 건 없었다. 그런데도 '다시 얼굴을 봐야 한다'는 이유로 맞잡은 손을 며칠이고 그대로 뒀다.

지금은 당시 사장만큼이나 나이가 들었는데도, 어떤 말로 당당하게 거절하면 좋았을지 감이 안 잡힌다. 머릿속으로 아무리 시뮬레이션을 해봐도 꼭 맞는 발언이 떠오르지 않는다. "손을 왜 잡으세요?"는 없는 답을 구하는 허무한 질문 같다. "당장 이 손 놓으세요."

는 극적으로 단호해 대본을 읽는 것 같고.

그런데 입장을 바꿔보니 전혀 다른 상상을 할 수 있었다. 만약 내가 사장이고 그가 아르바이트 직원이라면? 아르바이트 직원이 퇴근길 300미터를 걷는 동안 내 손을 잡는다면? 바로 말했을 거다. "이게 무슨 행동이니?"라든지, "허락도 없이 남의 손을 잡으면 어떡하니?"라든지, "너랑 나랑 손잡을 사이니?"라든지. 이 경우엔 골똘히 생각해보지 않아도 다양한 발언들이 청산유수로 쏟아진다. 차갑고 매서운 발언부터 부드럽지만 단호한 발언까지. 온도별로 세밀하게 줄줄 꿸수 있다. 다음 날 그가 창피해서 출근하고 못 하고는 상관없다. 내가 사장이니까.

이게 바로 위계의 힘 아닐까? 위아래를 바꾸면 자연스럽게 할 수 있는 말을, 그 위아래 때문에 못 하게 만드는 힘. 싫어도 싫다고 말 못 하고 더 듣기 좋은 표현

이나 행동을 찾아 길을 잃게 하는 힘. 위계가 사람을 누르는 상황에선 손을 잡혀도, 아니 그 이상을 잡혀도 불쾌하다고 호소하기 힘들다.

거기에 생계나 미래가 달린 건 그다음 문제다. 위계는 아쉬울 것 하나 없는 사람까지 원천적으로 짓누르기 때문이다. 윗사람과는 웬만하면 좋게 마무리하는 게 덜 피곤하다는 생각에 머뭇거리고 이를 틈타 행동은 지속된다.

이 주제로 글을 쓰겠다고 마음먹었을 때 어느 정도 결론을 내린 상태였다. 그때 손을 뿌리치지 못한 나를 위로해야지. 기억 속 그 시절로 되돌아가 단호하게 거절해야지.

그런데 막상 기억을 돌이켜보니 불가능하다는 걸 깨달았다. 2006년 스무 살의 나는 죽었다가 깨어나도 손을 잡지 말라고 말할 수가 없다. 이미 위계에 눌려 있기 때문이다.

　서른을 훌쩍 넘긴 2021년의 나는 어색하게 붙잡힌 손을 거둬들이며 말할 수 있다. "이 아저씨가 뭐 하는 거야? 손 놓으세요. 애 손을 왜 함부로 잡아?"라고. 지금의 나는 그 위계와 관련이 없기 때문이다. 결국 과거의 나는 영원히 고통받을 뿐이고, 지금의 나는 제삼자로서 아득하게 간섭할 뿐이다.

그다음 날이었나

다다음 날이었나

지하철 타고 시외버스 갈아타고

한 시간 걸려 과외 수업을 갔어요

서울에서 온 대학생이니까

한 달에 35만원 준다더라고요

근데 오늘은 테스트 수업이래요

무료로 해달래요

뒤에 앉아 있을 테니

우리 애 좀 어디 한번

가르쳐보래요 무료로요

얘 연고대 가겠느냐고 묻더라고요

글쎄요 어머님 그것도 무료인가요

속말은 못 하고

열심히 하면 어디든 갈 수 있죠

이 말만 남겼죠

버스 끊기기 전에

얼른 가야 해서요

막차 문은 이미 열렸는데

교통 카드에 잔액이 마침 없더라고요

버스가 떠나고 나서

카드를 냅다 땅에 던졌어요

그제야 화가 나더라고요

이씨 이러니까 그 카페 사장도

나를 우습게 본 거야

그 고추 큰 사람 있잖아

살면서

한번쯤은

사람들 얼굴에

퇴악 뱉어도 되지 않을까

내가 밟고 선

요만큼의 세상을

통째로 흔드는

아주 센

나의 명대사

직장 생활을 한 지 5, 6년 차에 접어들 무렵이었다. 친하게 지내던 남자 선배와 함께 밥을 먹다 내 여자 동기 이야기가 나왔다. 선배에게 그 역시 후배였지만, 둘은 친하지 않았다. 이름도 잘 모르는지 "걔 있잖아. 가슴 엄청 큰 애."라고 말했다. 마음이 불편해 얼른 답하지 못했다.

내 동기 중에는 아름다운 체형과 풍만한 가슴을 지닌 이가 몇 있었다. 하지만 이름 대신 부를 거리가 가슴뿐인 사람은 없었다. 어느 팀에서 무슨 일을 하는 누구, 빨간 원피스 자주 입는 사람, 미국에서 공부하고 온 걔, 지난번에 발표하셨던 분…. 사람을 묘사할 방법이 얼마나 다양한데, 왜 가슴 큰 것이 첫 설명이 되어야 한단 말인가.

여태껏 이름도 성도 몰랐다면서 그 사람의 신체 일부가 얼마나 큰지만 인지해왔다는 것도 별로였다. '그

가 이름 대신 큰 가슴으로 불리고 있다는 걸 알면 기
분이 어떨까?'

예를 들어보자.

"얼마 전에 알게 된 그의 이름은 무엇이고, 무엇을 좋
아해. 무엇을 잘하고, 무엇이 매력이지. 근데 그거 알
아? 몸매도 멋져!"
(몸매는 언급하지 않으면 완벽하겠지만, 꼭 해야만 한다
면…)

"그 가슴 큰 애? 알고 보니까 내 친구의 친구던데? 이
름이 뭐더라….”

두 발언 속의 주인공은 같을지라도, 말하는 이의 숨
은 의도는 땅과 하늘 차이다. 전자는 그 사람에 대해
잘 소개하겠다는 뜻이 담겨 있다. 반면 후자는 그 사람

의 가슴이 크다는 것을 자신이 알고 있고, 심지어 자신에겐 타인의 가슴 크기에 대해 서슴없이 말할 수 있는 권력이 있다는 걸 은근히 드러내기 때문이다.

가장 끔찍했던 건 따로 있다. 나도 모르게 머릿속으로 지인들의 가슴 크기를 하나씩 가늠해봤기 때문이다. 가슴이 아니라 머리둘레, 눈, 콧대 무엇이었어도 달갑지 않은 줄 세우기다. 내가 아는 사람들의 콧대를 가장 높은 것부터 가장 낮은 것까지 헤아리며 '아, 이 사람!' 하고 추리하고 싶지 않으니까.

돌이켜 생각해보니 당시 나의 불편함에는 이런 이유들이 있었다. 다만 그 불편함을 어떻게 표현해야 할지 몰라 어버버댔다. 하지만 기필코 저 언행을 고쳐놓으리라 마음먹었다. 머리를 굴린 끝에 나는 '눈에는 눈, 이에는 이' 전략을 택했다.

어느 날, 궁금하지도 않은 다른 남자 선배 이야기를 일부러 꺼냈다. 그리고 발사했다. "그 선배 이름 뭐죠? 고추 진짜 큰 선배 있잖아요."라는 명발언을. 혹시 한 날 해프닝으로 여길까봐 조목조목 설명을 보탰다. 이것 보라고. 이름이 기억나지 않을 정도로 잘 모르는 사람을 신체 부위의 크기로 지칭해서는 안 된다고. 그건 당사자에 대한 무례일뿐더러, 그 말을 듣는 사람에게도 실례라고. 그는 얼빠진 사람처럼 아무 말이 없었다.

외모 이야기, 특히 여성의 생김새에 대해 쉴 새 없이 떠드는 세상이다. 칭찬도 비하도 의식적으로 줄여야 할 만큼 차고 넘친다. 이제 그만 내려놓아야 할 낡고 해진 대화 주제. 하지만 대화는 혼자 하는 것이 아니기에 언제나 불현듯 이 주제를 만난다. 사람의 이름을 부르기도 전에 신체 사이즈부터 재는 사람. 안녕을 묻기도 전에 더 예뻐졌는지 더 날씬해졌는지를 가늠하는 사람. 이런 사람을 만나면 나는 두 가지 방법을 쓴다.

애써 지켜야 하는 관계가 아니라면 일부러 과녁을 빗나가는 발언을 날린다. "오늘 날씨 진짜 좋죠?"라든지 "아, 맞다. 그 드라마 보셨어요?"라든지. 분위기를 깰지언정 모두 그 과녁에서 시선을 거두고 다른 먼 곳을 보도록 말이다.

고급(?) 기술을 써야 할 때도 있다. 대화의 방향을 다른 데로 확 틀기에는 애매한 경우다. 대화 자리에 분명한 위계질서가 있을 때 특히 그렇다. 예를 들어 누군가의 신체를 논하는 대화의 방향을 어르신이 잡고 있을 땐, 그걸 끊어낼 용기가 쉬이 나지 않는다. 그런 경우 바로 그 사람에게 작고도 생뚱맞은 칭찬을 던진다.

"대박! 셔츠 색깔 너무 예뻐요! 센스 장난 아니시다."

말을 끊었을지언정 나는 그를 칭찬했으니 곤란해질 일은 없다. 순식간에 센스 있는 사람으로 인정받은 사

람은 스스로 하찮은 말을 거둘 확률이 높다. 좀 더 나
은 사람이 되고 싶은 욕망은 누구에게나 있으니까.

굳이 그곳에서 말과 말을 뜯어놓고 설명해주지 않
는 것은 나의 전략이다. 소중한 시간과 에너지를 그들
에게 쏟지 않으리라. 상황을 피하는 것까지가 내 몫
이지 그를 고쳐놓는 것은 내 역할이 아니다. 비겁하다
고? 아니, 잔인한 거다. 그 사람의 미래와 손절하는 거
니까. '냅두자. 어느 중요한 자리에서 저렇게 말하다
스스로 조용히 망하거나 말거나…' 하는 마음으로.

내가 아끼는 사람이 남의 외모 이야기를 시작한다
면? 기꺼이 나의 시간과 에너지를 쏟아부으며 명발언
을 발사할 것이다. 내가 선배에게 했던 것만큼 세고 묵
직한 명발언을, 몇 번이라도 애쓰며 날려줄 테다.

아껴 둔 말

큰지 작은지

어떻게 아냐고요?

알 게 뭐예요 관심도 없어요

똑같은 기분

그거 하나 바라고

뱉은 말인걸요

냅다 묻는 거 보니

성공한 것 같네요

너를 짚고 걸었어

아무에게나

보고 싶다

흘리지만

정말

보고 싶은

그 한 사람은

눈 꼭 감고

기억을 모아

어떻게든

보고 있어서

보고 싶다

말하지 못하고

누구에게나

잘 지내니

안부 묻지만

정말

잘 지냈으면 하는

바로 그 사람은

아픈 데가 없기를

지금 웃고 있기를

바라고

또 바라는 마음으로

인사를

대신하고

혜수를 처음 만난 건 열두 살 때의 일이다. 혜수는 전학 온 첫날부터 학년 전체를 술렁이게 했다. 얼굴도 표정도 말투도 동그랗고 귀여워 모두의 눈길을 끌었다. 행동은 새침한 구석이 있었다. 시골 학교에서 그건 매력이었다. 몇몇은 질투도 했지만, 실은 모두 혜수와 친구가 되고 싶어 했다.

나도 곧 혜수와 친해졌다. 방과 후에 함께 놀기도 하고 집에도 같이 갔다. 우리가 친구인 것이 자랑스러웠다. 학원과 교회를 함께 다니며 우리는 여러 공간에서 어울렸다. 혜수는 어딜 가나 인기가 많았다. 어른들에게는 동정을 받았고 동년배들에게는 사랑을 받았다. 집이 조금 가난했지만 타고난 세련미는 집안 사정을 이기고도 남았다. 부모님이 아닌 할아버지와 함께 산다는 점 또한 혜수를 특별하게 만들었다. 그 시절 그 동네에서는 그랬다.

혜수는 총명했고 글 솜씨가 좋았다. 이 두 가지는 나와의 공통점이기도 했다. 나는 늘 겨루고 있었고, 혜수는 전혀 신경 쓰지 않는 눈치였다. 거기서부터 우리는 달랐다. 그의 모든 점은 장점이었고, 나의 모든 점은 단점 같았다. 나는 인기도 없었다. 내가 그를 두고 그러하듯, 내 매력이 무엇인지 헤아려주는 친구가 없었으니까.

같은 중학교로 진학하며 우리는 더 가까워졌다. 시험 성적은 근소한 차이로 앞서거니 뒤서거니 했다. 둘이서 학교 대표로 백일장에 나갈 때도 그랬다. 내가 1등이면 혜수는 2등이었고, 그가 금상이면 나는 은상이었다.

사춘기에 접어들며 혜수의 친구와 나의 친구가 분리되기 시작했다. 우리 둘은 친구지만, 혜수의 친구와 나의 친구는 절대 어울리지 않는 부류였다. 혜수의 친

구들은 예뻤고, 어디서든 기죽지 않았고, 늘 화제의 중심에 있었다. 나의 친구들은 수더분하고, 조용하고, 소문이 먼 곳에서 소소히 즐거웠다.

나는 선생님들께 더 사랑받았고, 혜수는 친구들에게 더 사랑받았다. 내가 친구들에게 이유 없는 미움을 사는 동안, 그는 선생님들로부터 난데없이 미움받았다. 내 눈엔 혜수의 모든 것이 좋아 보였다. '혹시나 인생이라는 것을 한 번 더 살게 된다면, 꼭 혜수로 살아보게 해달라고 신에게 빌어야지.' 열다섯 살 무렵에는 이런 야심찬 계획을 짜기도 했다.

같은 해, 선생님의 호출로 우리 둘은 하교하지 않고 교실에 남았다. 자료 분류하는 일을 도와달라고 부탁하셨기 때문이다. 덕분에 텅 빈 교실에서 많은 이야기를 나눴다. 비밀 이야기도 서슴없이 꺼냈는데, 혜수의 목소리가 점점 파도처럼 일렁이기 시작했다.

"지금 사는 집에서 더 있을 수 없어서, 시장 아래층에 있는 지하로 이사 가."

무슨 말인지 못 알아들었다. 시장 지하에 사람들이 살고 있을 거라곤 상상을 못 했기 때문이다. 나중에 직접 놀러 가보고 나서야 어떤 곳인지 알 수 있었다. 시장 후미진 구석에 난 계단을 따라 지하로 내려가면 좁고 낡은 집들이 모여 있었다. 그중 하나가 혜수네 집이었다. 어린 시절 우리가 스케치북에 그리던 집들과는 확실히 다른 모습이었다. 이 사실을 털어놓으며 왜 울었는지, 울면서도 왜 다른 아이들에게는 비밀이라고 부탁했는지 알 수 있었다.

그날 이후로도 나의 혜수는 밝았고, 사랑스러웠고, 총명했다. 여전히 말과 글 솜씨가 뛰어났고 패션 감각도 좋았다. 나를 포함한 세상 모두가 그의 밝은 미소를 좋아했다. 혜수는 내 앞에서만 울었던 걸까? 그 뒤로

딱 한 번 더 그의 슬픈 얼굴을 보았다.

"어젯밤에 아빠, 엄마가 집에 왔어. 엄청 싸웠어. 이
불 속에서 울면서 하나님께 기도했어. 제발 그만하라
고… 내가 불쌍하지도 않으냐고…."

그렇게 그의 비밀 두 개를 알게 됐다. 두 개씩이나
듣는 동안 아무것도 해결해줄 수 없었다. 내 고운 친구
에게 왜 자꾸 이런 일이 생길까? 혜수의 아픈 자리를
어루만지면서도, 나는 그와 같은 매력을 지니지 않았
기 때문에 소란 없이 평안하게 지내는 건 아닐까 셈하
기도 했다.

비밀 때문인지는 몰라도 혜수는 더욱 빛나 보였다.
그의 밝고 사랑스러운 행동 앞에 나만 아는 괄호가 보
였다.

[그럼에도 불구하고]

그럼에도 불구하고 가는 길목마다 웃음을 뿌리며 사랑을 주고받는 아이. 감히 누가 좋아하지 않고 버틸 수 있겠는가. 이제는 감히 다음 인생으로 그를 지목하는 철없는 소원은 못 빌겠지만, 이번 생을 다해 열렬히 좋아하리라 마음먹었다.

열다섯에서 열여섯으로 넘어갈 무렵, 학원 수업이 끝나고 친구들과 모였다. 혜수도 함께였다. 우리는 타임캡슐을 만들기로 했다. 새로운 해를 시작할 때마다 유행하던 놀이였다. 소원을 적어 상자에 넣고는 한 사람이 보관한 뒤에 내년에 다시 열어보기로 약속했다. 학원에서 만난 친구들이라 내년에 다시 그 자리에서 모일 가능성이 적었다. 그래도 우리는 소원을 글씨로 옮기고 그것을 다시 박스로 옮겨두고 싶었다. 소원을 한데 모아두는 것만으로도 성취할 확률이 높아질 것 같았다.

테이프로 봉한 박스는 우리 집에 보관했다. 집으로
박스를 들고 온 그날부터 손가락이 근질근질했다. 소
원 쪽지를 열어보고 싶었기 때문이다. 다른 친구들의
소원은 아무래도 상관이 없었다. 궁금한 소원은 따로
있었으니까.

'안 돼. 보면 안 돼.'

'혜수가 쓴 쪽지만 열어보자. 어차피 나한테 비밀을
두 개나 알려줬잖아. 이번 소원은 내가 도와줄 수 있
는 걸지도 몰라.'

어느 성급한 저녁, 박스를 열어젖히고 혜수의 소원
쪽지를 열었다.

'예전처럼 가족이 함께 살게 해주세요.'

  짧고 분명한 소원을 읽자마자 큰 잘못을 저질렀음을 깨달았다. 몰래 보는 것은 전부 나쁘지만, 이건 특히 더 나빴다. 내가 들어줄 수 있는 정도의 소원도 아니었다. 두 번이나 내 어깨를 빌려 울었는데도, 그가 안고 사는 소원의 크기가 나의 것과 비슷하리라 착각했다. 어리석었다. 혜수는 이렇게나 소원에 진심이었는데, 홀랑 읽어버릴 만큼 가벼운 내가 창피했다.

  그날 이후로 나는 혜수의 비밀 세 개를 알게 되었고, 아무에게도 말 못 할 비밀 하나를 숨기게 되었다. 마침 다른 고등학교로 진학하게 되며 우리는 걷잡을 수 없이 멀어졌다. 사이를 좁히려고 애쓸 겨를이 없었다. 그러고는 각자 대학교에 입학하며 따로 상경했다. 딱 한 번 명동에서 만나고는 소식 모르고 살았다.

꽤 바쁘고 어지러이 살았다. 수능이라는 중요한 관문을 지나쳐 대학이라는 새로운 세계에 들어갔고, 곧이어 입사했다. 서울살이에, 직장살이에, 사랑에, 결혼에, 육아에 푹 빠져 살았다. 다만 혜수를 한 번도 잊은 적이 없다. 그가 어디서 어떻게 사는지도 모르면서도 늘 의식했다. 뒤처지지 않게 살고 있으려고 애썼다.

'잘 살고 있어야 해.'

어떤 상황에서든 최선을 다했다. 최선의 무게는 혜수를 함께 매달았을 때 꼭 맞았다. 덕분에 확 고꾸라지는 일 없이 살았다. 휘청거리다가도 얼른 균형을 잡았다. 물을 엎질러도 버둥대지 않고, 등을 곧게 펴고 빈 컵이나마 초연하게 세웠다. 혜수가 했을 법한 행동을 하며 정답이라 여겼다.

살다보니 고민으로 까맣게 지새던 밤도 찾아왔다.

결정 하나로 많은 것이 달라질 것 같은데 어느 길로 걸어야 할지 모르겠을 때. 내 안에 답이 없을 때. 오직 멀리서 나를 평가하거나 더 멀리서 응원하는 사람뿐일 때. 나는 혜수를 짚었다.

'혜수라면 어떻게 했을까?'

손끝으로 그를 짚어가며 환한 길을 찾아 내디뎠다. 덕분에 사람들은 나보고 차분하다고 했다. 어른들은 참하고 점잖다고 좋아했고, 동년배들은 어찌 그리 늘 흔들림 없이 안정적이냐고 칭찬처럼 물었다. 몇몇 남자들은 나더러 분위기 있고 우아하다고도 했다. 사실 그건 내가 아니라 내가 짚어온 혜수의 모습이었다.

혜수의 근황을 여기저기 수소문해보기도 했다. 그와 연락이 닿는 사람은 아무도 없었다. 소셜미디어에 이니셜을 조합해 검색해봤지만 몇 년째 오리무중이었다. 꼭꼭 숨은 모습마저도 혜수 것이라 그런지 좋아 보였다.

어느 날, 거짓말처럼 그의 소셜미디어 계정을 발견했다. 여태 쫓아온 시간을 놀리듯이 아이디는 생년월일로 이루어져 있었다.

'너 되게 멋지게 살고 있었구나.'

상상했던 것과 비슷한 방향에서, 비슷한 직업을 갖고 사는 사진 속 혜수. 다만 그 깊이와 색은 훨씬 깊고 짙었다. 최근 순으로 올라온 사진 몇 장을 구경하다 그만 얼어버렸다. 혜수가 아빠, 엄마와 함께 집에서 다정히 찍은 사진이 거기 있었다.

'소원이 이루어졌어!'

나도 몰랐던 궁금증이 해소되는 순간, 더 이상 사진을 볼 수 없었다. 소원 박스를 몰래 열어보던 날과 비슷한 속도로 마음이 낙하했다. 친구가 그 무거운 소원을 빌어 올릴 때도, 그걸 이고 지고 살며 드디어 이룰 때도 나는 겨우 엿보고 있었다.

어디에 있는지 찾아냈기 때문에 더는 그를 찾아다닐 수 없게 됐다. 소원의 시작과 끝을 몰래 보았기 때문에 물색없이 인사를 건네기도 버거워졌다. 잊고 살다 만난 사람은 얼싸안으며 반가워할 수 있대도, 나는 혜수를 잊은 적이 없는데… 어디서부터 어떻게 안부를 물어야 할까?

인사는 불발언에 붙여놓기로 했다. 어느 날 문득 능청맞게 용기가 나기를 바라며, 오늘도 습관처럼 그를 짚으며 산다.

친구야

사는 게 어지러울 때

너를 짚고 걸었어

고마워

그리고

미안해

너의 무거운 소원이

시작되고

마침내 끝나는 걸

엿봤어

소원이

이루어져서

정말 다행이다

내가 너를 짚으며 사는 동안

너는 누구로 버텼을까

어떤 사람일까

상상했어

이제 알았어

너에겐

소원이 있었어

그게

이루어져서

정말 다행이야

● 언젠가 친구와 만날지도 모릅니다. 낮은 확률로 친구가 이 책을 읽을 수도
있고요. 그가 불편하지 않도록 이름, 장소, 물건, 관계, 시기 등은 실제와 다르
게 고쳐 썼습니다.

손톱달이 뜨는 밤이면

오늘 달 참 우아하네

마침 손가락 뻗으면 닿을

누구누구에게

잊지 않고 말하는데

이건 내가 오래 지켜온

낭만 첫 장 첫 줄

돌아오는 답장은

꼭 셋으로 나뉘더라

여긴 달 안 보이는데

혹은

그런 말하는 사람 처음 봐

혹은

나도 보고 있었어

내가 깎아준 새끼손톱

딱 그 모양이야 오늘

달 좀 보라고

안부 띄울 때마다

둥글게 반겨줘서 고마워요

올려다보는 각도가

나와 비슷한 친구

엄마, 이제 보내지 마세요

엄마의 나이가 되고

누군가의 엄마가 되어

어마어마한 걸 깨달았습니다

엄마도 그때

아무것도 모르고 시작했다는 걸

시간을 거꾸로 타고

그 젊은 엄마에게 잠시 들를 수 있다면

등허리 문지르며

말이라도 해줄 텐데

모르는데도 해내느라

무서운데도 지키느라

이건 돌이킬 수도 없는 거라

이젠 무엇과도 바꿀 수 없는 거라

엄마도 어렵고 힘들지

의외로 가족에게 똑 부러지게 발언하기가 힘들다. 특히 부모님께는 못 하는 말이 많다. 어린 시절에는 살가운 말을 못 했다. 싫은 거, 짜증나는 거, 귀찮은 건 아주 얄미울 정도로 따박따박 말했지만 얼마나 당신을 좋아하는지는 굳이 알리지 않았다.

나이가 들고 보니 반대다. 울 엄마 아빠 건강하셔라, 나도 애 낳아보니 두 분 그간 얼마나 힘드셨을지 깨닫는다 등 애틋한 말이 술술 나온다. 철이 든 건가? 반대로 싫고, 짜증나고, 귀찮다는 말을 못 하겠다. 역시 철이 들었기 때문일까?

함께한 시간보다 앞으로의 날들이 더 짧다는 걸 직감한 건 아닐까? 백세 인생 시대이니 우리의 삶을 100이라고 셈해보자. 부모님의 연세가 쉰이라면, 지나간 시간과 남은 시간은 50 대 50으로 정확히 같다. 그 이후로는 60 대 40, 65 대 35로 숫자가 기운다. 앞으로 함께할 날이, 함께한 시간보다 짧아진다.

시간의 저울이 매일 기우는 것을 알기에 슬슬 아픈 말은 줄이고 곰살맞은 말만 남기려는 건 아닐까? 통화할 때, 메시지를 보낼 때, 함께 얼굴을 마주할 때 아픈 말은 최대한 아끼려고 한다. 그러다보니 내가 아픈 날이 종종 생긴다.

부모님은 시골에 사신다. 스무 살에 상경한 나에게 늘 택배를 보내셨다. 내가 평소에 잘 먹던 반찬, 전, 튀김, 때로는 얼린 국까지 밀폐 용기에 담아 서울로 보내셨다. 혹시 좋아하던 과자 하나 못 사 먹고 살까봐 봉지 과자, 박스 과자, 막대 과자도 종류별로 담아 보내셨다. 택배를 받은 날 갑자기 많이 먹어 탈이 날까봐 소화제도 함께 보낼 만큼 각별하셨다.

20대에는 부모님의 택배가 좋았다. 학교 앞에서 파

는 값싸고 기름진 음식만 먹다보니 엄마가 만든 건강한 반찬을 보면 온몸이 반응했다. 빨갛게 반짝이는 엄마표 무말랭이무침을 꺼내다가 한 입 먹고 두 입 먹으며 밤을 보낸 적도 있었다. 택배가 도착하고 일주일 정도는 2킬로그램 정도 체중이 늘었다.

30대가 되며 하루가 바쁘고 고단해졌다. 20대에 꿈꾸던 것을 이루고 살며 부모님으로부터 완전히 독립했다. 그간 유예하던 어른의 고단함을 비로소 내 어깨로 온전히 떠받치게 된 것이다.

아침 일찍 아이를 떼어놓고 출근해, 촘촘하게 일을 한 뒤 퇴근한다. 업무를 느슨하게 한 날에는 남은 일을 싸 들고 집으로 와야 한다. 지각하면 곤란한 후반전, 육아가 기다리고 있기 때문이다. 집으로 오는 동선은 최대한 짧아야 한다. 좋아하는 식당이나 맛집에 들를 시간은 없다.

그래서 아파트 상가에 있는 반찬 가게에 자주 들렀다. 반찬 세 종류에 만 원. 진미채 무침을 고르고, 두툼한 빈대떡도 고른다. 버섯볶음이나 두부조림을 고르는 날도 있고, 잘 부쳐놓은 완자를 택하는 날도 있다. 엄마가 해주던 음식과는 맛이 다를 거란 걸 알면서도 늘 시골에서 올라오던 반찬과 비슷한 것으로 고른다.

집에 도착하자마자 반찬을 뜯어 먹는다. 허겁지겁 먹다보면 벨이 딩동 울린다. 같은 아파트 다른 동에 사는 시부모님께서 아이를 집에 데려다주러 오시는 거다. 매일 비슷한 시각에 울리는 벨인데도 흠칫 놀란다. 일과를 성공적으로 마치고 드디어 아이와 상봉한다는 기쁨, 조금 더 먹고 싶은데 젓가락을 내려놓아야 한다는 아쉬움. 두 마음으로 현관문을 열고 아이를 맞는다. 시어머니도 이런 내 마음을 아셨던 걸까. 된장찌개나 계란부침, 불고기를 아이 편에 함께 보내시곤 했다.

아이와 사랑하고, 씨름하고, 울고, 웃으며 후반전을 치른다. 남편은 여러 나라로 출장을 다니며 일할 때라 집에 잘 없었다. 아이가 잠들면 집안 꼴을 사람 사는 꼴로 겨우 정리하고 드러눕는다. 남은 힘을 마지막 한 방울까지 쥐어짜고 잠들려던 찰나, 식탁 위에 놓인 택배가 눈에 들어온다. 부모님이 시골에서 보낸 택배.

받자마자 풀어헤쳐서 잘 받았다고 연락이라도 했어야 하는데, 답을 기다렸을 부모님을 생각하며 이미 조금 괴롭다. 힘들어도 택배를 열어보고 자자고 결심하며 침대에서 등을 떼고 일어난다. 택배 박스는 절대 한 번에 열리는 법이 없다. 배송 중에 박스가 뜯기거나 내용물이 흘러나오기라도 할까봐 테이프를 꼼꼼하게 붙였기 때문이다. 택배는 늘 두 가지 종류의 테이프를 두르고 있다. 엄마가 테이프 한 통을 다 써서 봉한 것을 아빠가 택배 대리점에 맡기러 가는 길에 한 번 더 싸맸겠지.

테이프를 가위로 다 뜯어내면, 비닐에 담은 반찬은 밀폐 용기에 담아 냉장실과 냉동실에 구분해 넣는다. 박스는 착착 접어 다용도실에 둔다. 그러고 보니 재활용 쓰레기가 이미 가득 쌓여 있다. 지금 바로 아파트 1층까지 내려가 분리수거함에 두고 올지, 내일 아침 출근길에 내놓을지 고민한다. 지금 힘들까? 내일 아침에 힘들까? 어느 쪽이 덜 손해일지 머리를 굴려본다.

택배를 열어볼 힘조차 남아 있지 않던 어떤 날, 박스에 칭칭 감긴 테이프를 뜯다 말고 엉엉 울었다. 그걸 기쁜 마음으로 열어보지 못하는 내가 불효녀 같아 슬펐다.

'엄마 이제 택배 그만 보내세요. 열고 정리하는 게 너무 힘들어. 다 알아서 잘 먹으니까…'라고 쓰다가 관뒀다. 괴로워도 슬퍼도 나는 효녀가 되리라. 주기적으로 올라오는 택배 박스와 씨름하는 날들이 이어졌다.

울며 박스를 여는 밤과 웃으며 반찬을 꺼내 먹는 아침. 그리고 반찬 가게는 그냥 지나쳐도 되는 얼마간의 저녁.

엄마가 되어보니 부모 자식 사이에도 역지사지할 수 있다는 걸 깨닫는다. 나라는 자식을 두고 엄마 아빠가 어떤 생각을 했을지, 한 아이의 부모가 되고 보니 가닥이 잡히는 거다.

이를테면 나는 부모님께 사랑받는 이유가 나의 행동에 있다고 여겼다. 사고 안 치고, 착실히 공부하고, 알아서 명문고에 명문대까지 가서, 한 방에 취업하고, 여태 무난히 살아서. 적당한 나이에 누군가를 사랑해 결혼도 하고, 다들 미루는 아이도 얼른 가져서. 그것 때문에 엄마 아빠가 나를 더 깊이 좋아할 거라고 생각했다. 덕분에 당신들의 길고 긴 자식 농사가 합격점을 맞았으리라 생각했다.

큰 오산이었다. 우선, 자식에게는 감히 점수를 매길 수가 없다. 아이는 등급이나 당락, 점수를 초월하는 존재라는 걸 낳고 나서야 깨달았다. 아이의 행동이 우수해서 기쁜 날보다 그 마음이 불편하진 않을까 염려하는 날이 많다. 아이가 연필을 엉뚱하게 잡고 글씨를 써도 걱정하지 않는다. '지저분하다'는 말을 못 해서 '지져버렸다'라고 말해도 괘념치 않는다. 그렇게 쓰고 그렇게 말하며 아이가 행복하다면, 나는 그 이상 욕심내지 않는다. 반대로 아이가 한석봉 뺨치는 글씨를 쓴다거나 '지저분하다'를 다섯 가지 언어로 말한다 해도 슬플 거다. 그렇게 해야 하는 아이 마음이 울적하다면 말이다.

뜬금없지만, 아이돌이나 유명 배우들이 종종 '소원 한 가지를 들어준다고 한다면 뭐라고 답하시겠습니까?'라는 질문을 받는 걸 본다. 그걸 보며 나도 가만히 소원을 골라본다. 아무도 궁금해하진 않겠지만 말이다. 무엇보다도 누구도 내 소원을 대신 이뤄줄 수 없다는 걸 알고 있다. 하지만 소원을 고르며 내 삶의 최우선 순위가 무엇인지를 되짚어볼 수 있다.

아이가 태어나기 전에는 소원 하나를 골라내기가 쉽지 않았다. 너무 많았기 때문이다. 여러 개를 줄 세운 뒤에 하나씩 지워나가며 정해야 했다. 아이가 태어난 후에는 달라졌다. 다른 후보를 떠올릴 수 없을 만큼 강력한 바람 하나가 생겼다.

나는 이렇게 답할 거다.

"제 소원은 이 소원을 두 개로 늘리는 것입니다."

그리고 얼른 두 가지 염원을 덧붙일 테다.

"첫째, 제 아이 평생에 자기 자신을 미워하느라 잠 못

이루는 밤이 없게 해주세요. 둘째, 역시 제 아이 인생에 앞일이 두려워 눈뜨기 싫은 아침이 없게 해주세요. 만약 그것이 누구나 한두 번은 겪어야만 하는 과제라면, 부디 그 짙은 낮과 새하얀 밤이 오래지 않도록 아이에게 무한한 용기와 적절한 행운을 주세요."

나의 두 개 같은 소원 하나는 여태 한 번도 바뀌지 않았다.

비장하게 가위를 들고 택배 상자에 감긴 테이프를 뜯던 밤. 나의 단단한 소원을 생각했다. 지금 내 모습을 엄마 아빠가 봤다면 뭐라고 했을까? 가위를 들고 택배 상자 앞에 선 사람이 내 아이라면, 나는 뭐라고 했을까? 두 답이 서로 다르지 않을 거라 확신했다.

"내려놓고 얼른 편히 자거라."

다음 날 아침, 풀지 않은 박스 옆에 풀어헤친 마음을 두고 문자 메시지를 썼다. 내 아이가 지금의 나라면, 얼른 하길 바라는 그 말을 전송했다.

"엄마 택배 그만 보내요. 고맙긴 한데, 이거 정리하고 박스 버리고 하는 게 보통 일이 아니에요. 너무 힘들어. 받고 싶은 게 있으면 그때 내가 말할게요."

어떤 딸로 살아야 할지 헷갈릴 때, 딸을 바라보는 내 마음이 답이 된다. 반대로 어떤 엄마가 좋은 엄마인지 모르겠을 땐, 어린 시절 엄마를 보던 내 마음을 떠올리려 애쓴다. 괴로운 딸이나, 지쳐버린 엄마는 누구도 원치 않음을 기억한다.

지금 이 순간에도 시간의 저울이 조금씩 기운다. 그럼에도 불구하고 나는 현재의 괴로움을 엄마에게 털어놓는다. 설사 그것이 엄마의 택배일지라도 이 딸은

발언해버린다. 내 하루가 덜 수고롭길 바라는 엄마의
마음은 시간을 초월한다고 믿기 때문이다. 딸을 향한
내 마음이 그러하니까.

나도 못 풀던 문제

빨간펜 선생님도 못 풀던 그 문제

아마 착오가 있었나봐요

네 문제집도 사람이 만드는 거니까요

그렇게 그 문제는 끝나나 싶었는데

엄마는 낮이 밤이 되도록

문제를 식탁 위에 펼쳐놓고

콩나물 다 다듬고

물병도 다 소독해놓고

밤새 연필을 깎아

셈에 셈을 굴렸지

이거 답이 52제곱미터였어

어느 이른 아침 해보다

말갛게 웃는 엄마는

다시 부엌으로 가더라

상쾌한 나들이를 마친 뒷모습

엄마 내 사연이 뽑혔어

굿모닝팝스 라디오 책에

내 편지가 실렸어

뜀뛰는 나를 보며

엄마는 가만히 수화기를 들었어

솔미가 오늘 너무 기쁜 일이 생겨

학원에 갈 마음이 없을 겁니다

가도 뭐 집중이 되겠어요

이런 날은 냅두지요

어머, 엄마, 그때였나봐

나도 언젠가 엄마를 해야겠어

이 마음을 먹었던 날이

이 면접에 붙고 싶지 않습니다

이곳은 무대다

나는 가수고

이들은 관객

대부분

내 팬들이군요

여기는 교실이다

선생님은 나고

학생은 여러분

귀 쫑긋

모범생이 많군요

면접에 들어가기 전

이 주문을

외워보세요

멋진 발언의

주인공이 될 겁니다

어떤 표정으로 어떻게 말할지 수없이 연습해놓고도, 실전에선 버벅거리기 쉬운 자리. 정신줄을 놓아버린 자와 가까스로 최선의 대답을 꺼내는 자로 나뉘는 자리. 그것이 합격이 되고 불합격이 되는 자리. 바로 면접이다.

회사가 원하는 인재상과 가장 닮은 모습을 끄집어내기 위해 우리는 고도로 집중해 발언한다. 물론 거짓에 가까운 말도 서슴없이 한다. 회사에 뼈를 묻겠다는 둥, 저를 놓치면 후회하실 거라는 둥.

신입 사원으로 임하는 면접이든, 경력직을 뽑는 면접이든 떨리기는 매한가지일 테다. 그런데 나의 경우엔 경력 사원일 때가 더 어려웠다. 대학 졸업을 앞둔 시절에는 손을 번쩍번쩍 들며 당차게 말하는 것만으로도 많은 걸 보여줄 수 있었다.

"저는 이렇게 생각합니다."

"자신 있습니다. 배우고 싶습니다."

"꿈이 있습니다."

여태 한 것보다 앞으로 해낼 것에 초점을 두는 자리이기 때문이다. 이직 시장에서는 상황이 좀 다르다. 그 어떤 포부보다 그간 해온 일들이 나를 더 정확히 설명한다. 나의 과거가 회사의 현재와 미래에 어떻게 기여할 수 있을지를 보여줘야 한다. 비슷한 업계끼리는 서로 사정을 잘 알기 때문에 거짓으로 부풀려 말할 수도 없다.

그럼에도 불구하고 면접의 마지막 공통 질문에서 나는 늘 거짓 답변을 한다.

"회사나 지원하신 포지션에 대해 더 궁금한 점 없으신가요?"

내가 진짜 하고 싶은 대답은 이거다.

'퇴근은 보통 몇 시에 하는지 굉장히 궁금합니다. 혹시 주말에 출근하는 일이 발생하진 않는지도 미리 알고 싶습니다. 육아 휴직이나 개인 휴가에 대해서도 물어보고 싶은데요. 근데 그거 먼저 물어보면, 그래도 날 좋게만 생각할 건가요? 진심으로?'

물론 내가 그렇게 말했다면 그들도 가만히 있진 않았을 거다. "우리 회사가 얼마나 오픈마인드인데요. 저도 꼰대 아니고요. 퇴근 시간 참 중요하죠, 요즘 시대에…"라며 맞섰겠지. 그런데 평가가 뒤집힐 가능성이 조금도 없을까? 다음 차례로 면접에 들어온 사람은 다른 걸 물어볼지도 모르는데?

"얼마 전 회사가 발표한 신사업에 대해 질문드리고 싶습니다." 혹은 "팀 내 커뮤니케이션 방식이 궁금합니다. 맡은 업무와 직접적인 관련은 없지만 가능성을 타진해보기 위해 다른 부서와 소통할 일이 종종 있는데요. 이런 경우 회사에선 어떤 방식으로 대화하길 권장하나요?"

다른 사람들은 면접관이 좋아할 만한 걸 물으면 어떡하지? 입사하기도 전에 퇴근 시간을 물어본 나의 면접 점수를 덜어서 그 사람에게 주지 않을 거라고 장담할 수 있나?

이렇듯 면접에서는 회사가 좋아할 것 같은 발언만 남기기 쉽다. 나 또한 몇 번의 면접을 보며 두고두고 후회하는 불발언을 남겼다. 아이를 낳고 1년간의 육아휴직을 마칠 무렵이었다. 원래 다니던 광고 회사로 돌아가는 것이 두려웠다. 일 자체는 매력 넘치지만 저녁이 되어도 퇴근 시각을 종잡을 수 없는 날이 허다했기 때문이다. 이제는 육아와 일을 병행해야 하니 적어도 합의된 시간에 퇴근할 수 있는 곳에서 일하고 싶었다.

직장을 옮기기 위해 두 회사에 면접을 봤다. 첫 번째 회사에서는 꽤 많은 불발언이 발생했고, 두 번째 면접에서는 명발언이 많이 터져 나왔다. 정해진 결말이었을까? 첫 번째와는 연이 이어지지 않았고, 두 번째 회사로 이직했다.

서로가 서로에게 별로였던 첫 번째 회사에서 임원 면접을 봤을 때의 일이다. 육아 휴직을 하기 전까지 나는 말과 글로 메시지를 만드는 일을 했다. 소비자들이 제품에 매력을 느끼고, 브랜드의 철학을 오래 기억하도록 말과 글을 짓는 것이 나의 기술이었다.

그런데 이 임원은 면접 내내 자꾸 뭘 말로 표현하면 안 된다고 가르쳤다. 그는 말이 아니라 그냥 느낌적인 느낌으로 매력을 뿜는 브랜딩이 좋은 브랜딩이라는 철학을 갖고 있었다. 일부 동의한다. 다만 내가 가진 기술이 여기서는 무쓸모라는 뜻으로 이야기했다. 그런데 왜 나를 최종 면접까지 오게 한 거지? 회사가 찾는 능력과 내가 가진 기술은 근본부터 다른데 말이다.

나라도 정신을 똑바로 차리고 면접을 중단했어야 했다. 죄송하지만 제가 있을 자리가 아닌 것 같다고, 회사가 원하는 사람과 제가 원하는 장소가 다르다고, 저도 제가 귀하게 쓰일 수 있는 자리에 가고 싶다고 말을 했어야 했다. 귀중한 시간을 내어준 임원과 나 모두를 위해서 말이다.

안타깝게도 그러지 못했다. 오히려 내가 이 회사에 어떻게 하면 일조할 수 있을지 궁리하며 꾸역꾸역 대답해나갔다. 모름지기 지원자라면 어디든 붙고 봐야 한다는 생각 때문이었다. 굳어 있는 취업 시장과 일단 회사부터 옮기고 봐야 한다는 마음 또한 스스로를 구기게 했다. 말과 글은 필요 없고 느낌적인 느낌이 필요하다는 조직에 쓸모 있는 사람으로 보이려고 노력했다.

면접 시간 최후의 1초까지, 어떻게든 이 회사에 이바지하도록 노력하겠다는 운을 띄우며 면접장을 나섰다. 집으로 돌아가는 버스에 올라탔는데, 비로소 미안함이 집채만 한 파도가 되어 나를 덮쳤다. 스스로 나의 경력을 존중하지 못해 미안했다. 그간 노력하며 쌓아 올린 카피라이터로서의 시간을 생각해서라도 그러지 말았어야 했다.

다행히도 늦지 않게 다른 기회가 찾아왔다. 평소에 선망했던 회사에서 먼저 제안이 왔고, 내가 가진 기술을 진심으로 존중받으며 면접을 치렀다. 나는 두 번째 회사로 이직한 것을 두고 인생에 몇 번 없을 귀한 선물을 받았다고 여긴다.

길목 너머에 이렇게 멋진 기회가 기다리고 있단 걸 알았다면 스스로 그리 험하게 구겨지진 않았을 텐데. 어쩌면 한바탕 먼저 찌그러져보고 나서야 알게 된 건지도 모른다. 좋은 면접, 좋은 일터가 무엇인지를.

이 글을 읽는 분이 아직 중이실지, 첫 취업을 앞두셨을지 모르겠다. 부디 어느 면접이든 불발언이 아닌 명발언이 많이 탄생하길 바란다. 기본적으로 면접관 마음에 들어야 입사할 수 있겠지만 반대로도 생각해보셨으면 한다. 결코 면접관 마음에 들기 위해 이 자리에 온 것만은 아니라는 태도를 가져보는 건 어떨까?

한마음 한뜻으로 똘똘 뭉친 내부 사람들이, 들어와보겠다고 기를 쓰는 나를 테스트하는 구도라고 오해해선 안 된다. 회사 생활을 해보니 절대 그렇지 않다. 일단 거기 모인 면접관들은 서로 친하지 않을 가능성이 높다. 면접장에 들어오기 전까지만 해도 각자 일을 하느라 고단한 직원이었다. 서먹한 사이일지도, 자리 다툼 하느라 견제 중일지도 모른다. 그들은 똘똘 뭉쳐 있는 게 아니라 면접이라는 업무를 무사히 해내기 위해 전략적으로 잠시 나란히 앉아 있는 거다. 그럼 생전 처음 보는 면접관 A와 나의 관계가 차라리 산뜻하거나 친밀해질 수도 있다는 결론에 도달한다. 이렇게 면접장 안에서의 구도만 조금 달리 봐도, 훨씬 덜 긴장하게 된다.

지원자 홀로 면접을 보는 게 아니다. 면접관들도 같이 면접을 보고 있다. 발언 하나하나가 조심스러운 건 피차일반이다. 면접장에서 허튼소리를 했다가 대외적으로 야단나는 것은 오히려 그들. 면접자는 실수를 하더라도 하나의 에피소드에 그친다. 그러니 겁먹을 필요 없다. 잔뜩 긴장해서는 생각을 멈춘 채로 말을 지어내려고 애쓰지 말자. 숨 쉬고, 생각하고, 최선을 꺼내어 당당히 보여주면 된다.

여담으로, 면접에 와준 지원자에게는 합격 여부와 관계없이 이동비나 식사비를 지급해야 한다고 생각한다. 수많은 회사 중 하나를 선택해준 데다가, 누구보다 간절한 마음으로 회사에 대한 의견을 들려주지 않았는가. 돈으로도 살 수 없는 순간을 면접관과 회사에 안겨준 것이다. 취업을 문의하는 쪽이 제대로 대접받는 것이 맞다.

아껴둔
발언

자소서를 쓰는 밤은

내 책상맡에서

우주가 돌았다

나는 작은 별

까만 밤 홀로

중심처럼 꼿꼿이 앉아

우주의 응원을 모았지

이 별이 쌓아 올린

숱한 이야기가

어떤 의미로

오늘에 자국을 남겼는가

실화를 바탕으로

소설을 쓰는 새벽

이윽고 해는 떠
별은 숨어버렸고
그 소설은
1차 서류가 되었다네

기부를 중단합니다

놓치고

흘리고

까지고

깨지고

헛디디고

넘어지고

뭉개지고

부서지고

우여곡절 끝에

도착한 곳에서

오답도 정답도

모두 나란 걸 알았지

100점짜리 나만 고르면

우 그건 멋이 없고

C- 나만 모으면

어 그건 내가 좀 억울하지

오답도 정답도

전부 내 답이었어

가공육 섭취를 줄이겠다는 다짐, 일회용 컵을 사용하지 않겠다는 선언, 나를 관계에 가두려는 친구와 절교하겠다는 결심. 쓰라린 경험을 하고 나면 이렇게 단호한 마음을 먹는다.

　가공된 육류를 먹지 않겠다는 다짐 이전에는 찌들어가는 몸에 대한 발견이 있다. 그래서 '미안. 이제 내가 너를 지켜줄게.'라고 스스로 맹세하는 것이다. 일회용 컵을 쓰지 않겠다는 결심 직전에는 이상 기후와 오염된 환경을 발견했을 것이다. 걔랑 만나고 나면 오직 비루한 기분만 남는다는 걸 여러 번 확인했기 때문에, 습관처럼 그 친구에게 다가가는 나를 이제는 막아선다.

　남들 눈에는 사소해 보일지 몰라도 '나'라는 국가 안에서는 중대한 선포이다. 이 선언으로 인해 나는 이전과 다른 생활을 하게 된다. 이를 번복하거나 어물

쩍 넘어가면 스스로 부끄러워진다. 남들은 자세히 모른다. 내가 어떤 결정을 했는지, 얼마나 빨리 번복했는지. 그런데 내가 안다. 자신과의 약속을 저버릴 때마다 그만큼씩 별로인 사람이 된다.

나도 나만의 진지한 선언을 하고, 지키고, 어기며 살아왔다. 주로 일상에 밀착된 주제들이지만, 정치와 관련된 결심도 하나 있었다. 몇 해 전, 한 정치인의 신념을 이어가는 재단에 기부를 시작했다. 매월 1만 원이라는 최소 금액이었다. 먹고살 궁리를 하느라 어떤 부정이 저질러져도 모른 척해왔던 과거를 함께 청산해나가야 한다는 그의 연설을 여러 번 돌려본 날의 일이었다.

즉흥적으로 일어난 것 같지만, 실은 그제야 결론에 이른 것이기도 했다. 좀 더 과거로 시계태엽을 돌려보면 알 수 있다. 재학 중이던 대학교 총학생회에서 홍

보부장으로 일하던 때의 일이다. 안타깝게 생을 마감한 그를 기리는 추모 콘서트가 열렸는데, 나는 으레 홍보팀에서 하던 것처럼 콘서트를 알리는 포스터를 제작했다. 솔직히 무슨 일을 하고 있는지 정확히 몰랐다. 콘서트에 모인 사람과 가수들을 바라보면서도 이 순간이 어떤 의미이자 역사로 쓰일지 가늠하지 못했다. 꽤 오랜 시간이 지나 한국 사회에 놀라우리만치 슬픈 사건 사고가 연달아 일어났고, 국민들은 분노에 휩싸였다. 그제야 알았다. 예전 콘서트에 모인 사람들이 무엇을 추모했던 건지. 뒤늦게나마 그가 남긴 연설과 행보, 그리고 그에 대한 기록들을 찾아봤다.

앞으로도 그의 신념과 행동이 잘못 기록되거나 기억되지 않도록 힘을 보태고 싶었다. 당장 그 자리에서 할 수 있는 일을 주섬주섬 찾아봤는데, 매달 1만 원을 재단에 기부하는 것이었다. 쉽고도 저렴한 방법이었다. 그래도 내가 속한 사회를 향한 신념 하나가 생긴 것 같아 뿌듯했다. 그것을 기준으로 나와 이 세상이 옳게 가고 있는지 퇴보하고 있는지를 알 수 있었으니까.

두어 해가 지나고 고개가 갸우뚱해지기 시작했다. 정치 자체에 대해 의문이 들었다. '정치가 뭘까?' '정치인이란 뭘까?' '알고 보면 크게 다르지 않은 이들의 힘겨루기인 건 아닐까?' '티끌 없이 올바른 정치인이란 애초에 존재하지 않는 게 아닐까?'

믿음 하나로 시작한 일이기에, 그 믿음이 깨지는 순간 행동은 의미를 잃었다. 한쪽이 무조건 옳다고 생각했던 손쉬운 정치 성향이 와르르 무너졌다. '그럼 반대편이 옳은 건가?' 하고 더 나은 편을 찾아 헤매는 차원이 아니었다. 내가 굳이 한편을 고르고 반대편을 향해 모래알을 던지는 게 과연 의미 있을까?

매달 알아서 자동 이체되는 1만 원이야 별거 아니었

다. 커피 두 잔 값인데 어쩌다 커피를 이틀 안 마셨다고 생각하면 그만이니까. 다만 의미가 없을지도 모르는 곳에서 모래알로 모래성을 쌓는 일은 하고 싶지 않았다.

당장 번복했다. 기부를 시작할 때 나의 거국적인 선언을 듣는 이는 오직 나뿐이었다. 이를 엄중히 중단할 때도 혼자였다. 관계자에게 기부 중단을 요청하는 메일을 천천히 써 내려갔다. 마음을 글로 옮기며 옅은 상실감이 들었다.

안녕하세요, 저는 2017년 10월부터 매달 1만 원을 기부하고 있는 박솔미입니다. 적은 금액이나마, 제가 옳다고 믿는 신념을 이어가는 일에 힘을 보탤 수 있어 행복했습니다. 다만 지금은 제가 의미 있는 일을 하고 있다고 확신이 서지 않습니다. 다시 이편에 서서 판단하는 것이 옳다고 생각할 때까지 기부를 중단하고 싶

습니다. 그간 무엇이 옳은지 그른지 쉽고 빠르게 결정

할 수 있는 기준이 되어주신 점 감사합니다. 앞으로는

스스로 세상을 판단할 수 있도록 노력하겠습니다.

내게 이 선언은 의미 없는 지출을 줄인 것 그 이상

을 뜻한다. 앞으로 어떠한 정치인도 홀딱 반한 눈으로

영웅 보듯 보지 않겠다는 약속이다. 누가 맞고 누가 틀

렸는지를 가리느라 세상이 떠들썩할 때 숨은 의미를

곰곰이 짚어보겠다는 다짐이기도 하다. 덕분에 나는

여러 세력의 대결 때문에 기뻐하거나 슬퍼하지 않는

시민으로 산다. 세상이 어수선할 땐 많이 찾아보고 늦

게 판단한다. 소란 뒤에는 어젠다^agenda가 존재할지도

모른다고 의심한다. 세 번까지는 생각 안 한다. 그 지

점에서 자칫 잃기 쉬운 내 일상을 돌본다.

크고 작은 다짐을 하고, 또 번복할 때도 내 삶의 표

면은 크게 달라지지 않았다. 당장의 먹고사는 문제, 일

과, 주변 사람과의 관계를 확 바꾸진 않았으니까. 셀로판 용지를 들었다 놨다 해도 그 아래에 있는 그림은 그대로인 것처럼 말이다. 다만 나는 이 안경도 써보고 저 안경도 써보고, 아예 맨눈으로도 보려고 애쓴다. 세상을 정확히 보고 싶기 때문이다. 그렇게 끌어올린 시력으로 현재 가장 또렷이 읽을 수 있는 지점은 바로 여기다.

'세상엔 영웅도 정답도 없다.'

내가 나의 영웅이어야 하고, 스스로 정답이어야 한다. 누구도 나를 대신해 내 세상을 구하거나 내 문제를 풀어주지 않기 때문이다. 앞으로도 많은 주제를 갖고 진지하게 선언할 것이다. 여전히 혼자 말하고 혼자 듣겠지만, 마음을 고칠 때마다 기꺼이 행동도 새로 고칠 것이다. 자신을 구하는 영웅이 되고, 정답이 되는 그날까지.

쌀 한 톨만 한 생각이

머릿속을 구른다

제법 무겁게 굳으면

약속이라는 고리에 매달지

그게 바로 결심

그러다 또 어느 날

에이 이게 아니잖아

틀렸어 또 잘못 짚었어

내버려두는 건 더 틀린 일일 테지

꽁꽁 맺힌 리본을

수고롭게 끌러

바닥에 떨구고

다음엔 잘 굴리리

손 탁 털고 돌아서면

요만큼 맑아진 시야

네, 자신 있어요

의외로 옳은 발언들

"저 잘합니다."

"제 방법대로 해볼게요."

"그건 못합니다."

"자신도 없습니다."

"제가 좋아하는 거예요."

"더 할게요."

"그건 싫습니다."

"거절하겠습니다."

"여기까지 하겠습니다."

"더는 장담 못 합니다."

"제 경우엔 그렇습니다."

나에게는 고얀 습관이 하나 있다. 무엇이든 배울 때 처음 한두 번은 못해야 하는 버릇이다. 스노보드를 배울 때도, 자전거를 탈 때도, 운전 연수를 받을 때도, 수영할 때도 그랬다. 선생님들이 가르쳐준 대로 한 번에 해내지 않았다. 우물쭈물하고, 겁난다고 말하며, 섣불리 시도하지 않았다.

그래서 첫 수업에서는 다시 오지 않을 학생처럼 쓸쓸히 퇴장하기 일쑤였다. 집에서 혼자 조용히 연습해봐야만 했다. 푸닥거리지 않고 능숙하게 해낼 수 있다는 것을 확인하고 나면 두 번째 수업에 참석했다. 그러고는 담담히 지난번에 하지 못했던 것을 성공해보였다. 선생님들 반응은 늘 비슷했다.

"어? 오늘은 되네? 그렇게 하는 거예요! 생각보다 안 어렵죠?"

칭찬을 받지도 않지만, 실망을 주지도 않으며 편안함을 느꼈다. 나라는 컴퓨터에 쌓인 빅데이터에 의하면, 무엇을 배울 때 이 정도 속도여야 안전했다. 학창 시절부터 시작해 대학, 회사 생활을 거치며 너무 잘해도 미움을 받고 너무 못해도 비난받는다는 걸 깨달았기 때문이다. 사람들은 적당히 해내는 걸 좋아했다. 그래서 샘날 만큼 잘하지도 않았고 모양 빠지게 못하지도 않았다.

그러니 내게는 하루쯤 연습 시간이 필요했다. 그 자리에서 바로 시도하면 결과는 둘 중 하나다. 잘하거나, 못하거나. 첫날 첫 수업에서만큼은 두 모습 다 보류하고 싶으니 우물쭈물한다. 집에서 혼자 연습한 뒤에 다음 날 해내면 너무 잘하지도 아예 못하지도 않는 적당한 사람이 될 수 있다.

처음 배영을 배울 때도 그랬다.

"몸에 힘을 빼고 뜨면 됩니다."

선생님은 이미 배영을 할 줄 아는 사람에게 설명하듯 쉽게 말했다. 다행히도 나는 그게 무슨 뜻인지 알아챘다. 자유형을 이미 배웠던 터라 몸 어느 부분의 힘을 얼마나 빼고, 어떻게 뜨면 되는지 알 것 같았다. 하지만 이번에도 내 고약한 습관이 한발 빨랐다. 확률은 여전히 50 대 50이라고 내게 속삭였다. 한 번에 해내거나, 우스운 모양으로 물속에 고꾸라지거나. 둘 중 하나도 감당하기 싫었던 나는 조용히 손을 들었다.

"선생님 저… 저기… 어린이 풀에서 혼자 연습해보고 와도 되나요?"

일어서면 무릎까지 물이 차는 풀에서 연습해보고 싶었다. 그럼 익숙한 속도로 안전하고 미지근하게 성공할 수 있을 테니까. 자유형을 배울 때도 하루를 끌었

던 전적 때문인지, 선생님은 흔쾌히 허락했다. 나의 안전한 시나리오대로 얕은 풀에서 홀로 연습에 성공한 뒤, 성인반 레인으로 돌아왔다. 성공적으로 적당히 해냈다.

그렇게 안전지대에서만 머물다가 나의 습관을 꿰뚫어보는 분을 만났다. 바로 요가 선생님이다. 스무 살에 요가를 시작해 2년쯤 관뒀다가 다시 시작하기를 반복했다. 그러다보니 서너 곳의 요가원에서 여러 선생님을 만났다. 아무도 내 습관을 눈치채지 못하거나 알면서도 크게 대꾸하지 않으셨다. 그런데 최근에 만난 선생님은 대번에 콕 집어 말씀하셨다.

일명 두루미 자세라고 하는 '바카아사나' 자세를 배울 때였다. 손을 땅에 짚은 채로 두 무릎을 양 팔꿈치 위로 올려, 팔로만 몸을 지탱하는 동작이다. 한 번에 될 것 같기도 했고, 안 될 것 같기도 했다. 제법 고난도 동작이라 한 번에 해내면 큰 주목을 받을 것 같았다. 반대라면? 머리부터 바닥으로 고꾸라져 우스워지겠지. 역시나 집에서 조용히 혼자 연습할 시간이 필요했다. 하는 둥 마는 둥 고얀 습관을 꺼내려 하자, 선생님이 말했다.

"숄, 그거 되게 나쁜 습관이에요."

모르는 척 되물었다.

"네?"

"시도를 미루는 거요. 숄, 알고 있잖아요. 시도해봐도 될 만큼 팔 힘이 세다는 거."•

• 외국에서 요가 수업을 듣고 있는 터라 영어로 수련하고, 영어로 대화합니다. 번역투이지만 선생님의 목소리가 잘 전달되는 것 같아 이대로 남깁니다.

171

나만 속으로 확인하며 되풀이하던 습관을 누군가 소리 내 설명해준 건 처음이었다. 이래서 사람들이 다 아는 이야기 들으러 점괘를 보고, 심리 테스트를 하는 건가? 선생님의 말은 내가 이미 아는 내용임에도 힘이 셌다. 꽁꽁 얼어붙은 습관을 콱 내리찍었고, 광광대는 소리와 함께 균열을 냈다.

물러설 안전지대가 없어진 나는, 바로 그 자리에서 두루미 자세에 도전했다. 실패했고, 머리를 바닥에 찧으며 앞구르기를 해버렸다. 선생님도 웃었고 나도 웃었다. 그 어떤 어설픈 성공보다 즐거운 실패였다.

"너 이거 잘하니?"라고 물으면 우리는 습관이자 예의로 거짓을 답한다.

"어휴, 아뇨, 못해요."
"안 한 지 오래돼서…"

"좋아하는 정도죠."

"흉내만 좀 냅니다."

듣는 사람에게는 겸손한 사람으로 비칠지 몰라도 자신에게는 상당히 무례한 거 아닐까? 타인에 관한 이 야기였어도 그렇게 낮춰 말할 수 있을까? "나 잘해요! 자신 있어요!"라고 말하려는 입을 틀어막으며 돌려세울 자격이 내게 있을까?

어느 가까운 미래에 나 자신에게 호된 벌을 받을지도 모른다고 상상해본다. 남들 앞에서 나를 막아선 죗값으로, 못하는 것이 습관이 아닌 진짜 실력이 돼버리는 벌칙을 받으면 어쩌지? 한 번에 성공하고 싶어도 더 이상 해낼 수 없으면 어쩌지?

언 습관을 깬 것은 선생님의 도끼 같은 말이었지만, 그걸 전부 녹여 없애는 것은 내 몫이다. 나에게 약속했다. 앞으로 50대 50 확률에서 도망가지 않겠다고. 멋지게 성공하거나 당당히 실패해야지. 사람들이 지켜보는 바로 그 자리에서. 잘하면 어때? 박수 받는 거지. 못하면 또 어때? 씩 웃어 보이는 거지. 그렇게 어쩌다 미움 한 눈금 받는 것쯤으로 별일이야 생기겠는가.

아껴
발언
둔

꼭 그러더라

티는 눈곱만큼도 안 나는데

품은 넣어도 넣어도 모자란 일

웬만하면 떠맡기 싫은 일

내빼지도 물리지도 않고

할 수 있다 괜찮다

꼭 그러더라고

나 같으면

한 번은 손 번쩍 들어

얘 사실 잘하는 거 따로 있다고

말해주겠네

남도 아니고 난데

주의! 따라 살지 말 것

당신이
불태우는 반짝임과

나의
쉬어가는 어두움이

어쩌다
마주쳤을 뿐

오른쪽으로 피할까
왼쪽으로 지나갈까

공교로이
어색한 왈츠를 췄을 뿐

어차피 우리는
온 데도 갈 데도
속도도 방향도
전혀 달라

부럽지도

부끄럽지도 않다고

말합니다

이제는

소셜미디어가 재밌으면서도 밉다. 우리를 반짝이게 하면서도 초라하게 만들기 때문이다. 내 사진을 올릴 때는 특별한 날이지만, 남 사진을 볼 때는 주로 보통 혹은 보통 이하의 날이다. 내가 가장 별로인 순간에 남들의 빛나는 순간을 구경하는 곳이 바로 소셜미디어인 것이다. 그들의 빛과 나의 어둠이 극명한 날이면 잠을 설치기도 한다.

특히 다른 사람이 자랑하듯 올려놓은 물건 사진을 볼 때 우리는 쉬이 쪼그라든다. 내가 가지지 못하는 것을 남은 쉽게 가졌다고 생각할 때, 불안은 극에 달하기 때문이다. 결국 우리는 비슷한 것이나마 찾아내 구매하고 만다. 그럼 인플루언서의 빛 한 조각은 거머쥔 기분이 든다.

소셜미디어는 마케팅과 관련이 깊을 수밖에 없다. 우리가 소셜미디어 계정을 무료로 이용하는 대가로,

우리의 관심을 지불하고 있었다는 점을 짚어낸 다큐멘터리를 보았다. 깊이 공감했다. 그럼 그렇지. 세상에 공짜가 어디 있겠는가. 사람들은 삶의 단편을 오려내 사진과 영상으로 올리며, 이름 모를 누군가가 찰나의 부러움을 느끼게 한다. 그 얄팍한 시샘은 사진 속 물건이나 옷을 구매하는 것으로 해소된다. 소셜미디어란 거대하고 은밀한 광고 공장이나 다름없는 것이다.

빈약한 쪽이 늘 당하기만 하는 건 아니다. 언제라도 누구보다도 더 잘사는 사람이 존재하기 때문이다. 랜선 집들이를 예로 들어보자. 근사한 집을 가진 A씨의 사진 다음에는 그보다 더 멋진 집을 가진 B씨의 사진이 있기 마련이다. 누군가 A씨를 부러워하는 동안, A씨는 B씨의 집을 둘러보며 불안해진다. B씨 역시 C씨네 집을 보며 흔들리겠지.

나도 자유롭지 않다. 은근슬쩍 내가 가진 물건을 자

랑하듯 보여주면서도 다른 이의 사진에 현혹된다. "어머 이건 꼭 사야 해!" "너무 예쁘다." "완전 부러움!" 사이를 오가다보면 마음이 어지럽다.

나 역시 랜선 집들이를 대단하게 치른 전과가 있다. 신혼집에서 더 넓은 집으로 옮기며 총 두 번에 걸쳐 인테리어 공사를 했다. 바닥부터 벽까지 남편과 나의 취향으로 싹 뜯어고쳤다. 노력도 들었고, 시간도 들었고, 돈도 많이 들었다. 마침내 완성한 우리의 집을 사진으로 찍어 자랑하는 것은 당연한 수순이었다. 어느 밤 화면 너머로 구경하던 그 사람들처럼 나도 멋진 집을 가지게 되었다는 소속감은 꽤 아늑했다. 하지만 오래가지 않았다. 우리 집보다 더 좋은 집을 언제 어디서나 발견했기 때문이다.

방송국에서도 우리 집을 찾아왔다. 우리 부부는 허리춤에 마이크를 차고, 커다란 카메라를 보며 집을 소

개했다. 벽은 왜 하얗게 칠했고, 가구와 선반은 왜 나뭇결이 느껴지는 것으로 골랐는지. 부엌 상부 장은 왜 설치하지 않았고, 조명은 왜 노란 것으로 골라 달았는지. 전국을 상대로 방영되는 프로그램에 나의 멋진 집을 소개했다. 황홀한 기분은 그리 오래가지 않았다. 다음 날부터 우리 집보다 더 나은 집이 연달아 방송됐기 때문이다.

아무리 좋은 집을 가져도 지구 어딘가에는 더 좋은 집이 존재한다는 걸 깨달았다. 내 가방보다 더 좋은 가방, 내 차보다 더 좋은 차는 어디에나 있다. '좋은 것'을 찾기보다는 '나의 것'을 찾아야 한다. 줄줄이 소시지처럼 엮인 부러움과 불안을 끊어내려면 그래야 한다.

인터뷰 요청은 이내 잠잠해졌다. 역시, 우리 집보다 더 나은 데를 발견해낸 게 틀림없었다. 꽤 오랜 기간 미련 없이 잊고 살았다. 그러다 최근에 다시 연락이 오기 시작했다. 인테리어 소품을 판매하는 플랫폼에서도 랜선 집들이 인터뷰 요청이 왔다.

가장 먼저 생각난 것은 나의 불안이었다. 남의 집을 둘러보고 나면 기어이 도둑처럼 내 집에 찾아오던 바로 그 불안감. 내 집 자랑 한 번 하겠다고, 얼굴도 이름도 모르는 이들에게 그런 불안감을 심어줘도 되는 걸까? 끝없는 집들이 리스트에 내 집 한 채를 더 보태면 안 된다는 생각이 까슬까슬 돋았다. 각자 집에 누워 터치 몇 번만으로 서로의 집을 둘러보는 우리들의 밤이 불안하지 않기를 바랐다.

인터뷰를 거절했느냐고? 아니, 하기로 했다. 꼭 전하고 싶은 말이 있었기 때문이다. 혹여 누군가를 따라 사거나, 따라 살지 말자는 제안이자 당부를 하고 싶었다.

"좋은 집이란 무엇일까요?"라는 마지막 질문에 진

심을 꾹꾹 눌러 담아 발언했다. 스스로도 오래 곱씹을 명발언으로 여기에 갈무리해둔다.

…"역시 내 집이 최고다!"라고 외치며 소파에 풀썩 누울 때가 있어요. 가만히 집을 둘러보죠. 나와 가족의 안목, 생활 패턴, 이야기들이 솔직히 담겨 있는 모습을 보며 편안함을 느껴요. 덕분에 저는 더 이상 책이나 TV에서 소개하는 반짝반짝한 집을 봐도 주눅 들지 않습니다. '뭐니 뭐니 해도 나는 우리 집이 참 좋아.'라는 단단한 믿음이 있거든요.

집으로는 거짓말을 못 한다는 말을 들은 적이 있어요. 옷이나 신발은 내 스타일이 아니어도 잠깐 억지로 입고 있을 수 있지만, 집에선 그럴 수 없다는 뜻이겠죠. 모든 긴장을 다 풀어헤치고 편히 쉬는 곳이니까요. 저도 그 말에 동의해요.

좋은 집은, 나를 나답게 해주는 집이라 생각해요. 멋지고 화려한 인테리어 콘텐츠가 넘쳐나는 요즘, 특히 제가 애쓰는 것도 그거예요. 따라 살지 말기. 우리 가족의 안목과 생활에 꼭 맞는 집에서 살기.

빛이랑 이름이랑

비슷한 구석이 있더라고

내 이름보다

남의 이름을 훨씬 더 많이

부르며 살듯

남이 얼마나 반짝이는지

그것만 글쎄

헤아리게 되더라니까

둘째는 계획에 없어요

뜻을 곱게 다듬고

마음을 듬뿍 넣어

세지 않은 분노로 푹 끓여서

성질은 걷어내고

자신감 두르는 거 잊지 말고

명발언, 완성!

우리는 더 이상 비혼주의자에게 결혼 언제 하느냐고 추궁하지 않는다. 이미 완전한 행복을 이룬 두 사람에게 아이는 언제 가질 거냐고 재촉하지도 않는다. 대단한 실례라는 것을 알고 있기 때문이다.

여기서 우리란, 내 주변 사람들을 제한해 이르는 말일지도 모른다. 내 사회적 안전망 안에 속한 친구들은 이런 면에서 예의가 바르고 센스도 좋다. 다만 이런 멋진 사회를 이룩했음에도 불구하고 나는 꽤 빨리 결혼하고 빨리 아이를 가졌다.

그런데 요즘 꽤 듣는 말이 있다.

"둘째는 안 낳게?"

사람들은 주로 "애 혼자 외롭겠다."라고 말꼬리를 끌며, 어른들 수다 자리에 껴 주스를 마시는 내 아이에게로 시선을 옮긴다. 이런. 내가 멋진 사회에 속해 있었다는 건 대단한 착각이었다. 그동안 인생 대소사에 대한 참견을 듣지 않았던 건 세상이 바뀌어서도 내 사회가 멋져서도 아니었다. 그저 내가 이미 다 해버렸기 때문에 들을 기회(?)가 없었을 따름이다.

좀 억울하다는 생각도 했다. 그러니까 셈에 맞지 않았다. 내가 아끼는 이들이 행여나 속상할까봐 나름대로 결혼이나 아이에 대한 질문을 삼가왔다. 그런데 나는 왜 세상으로부터 불현듯 둘째를 재촉당해야 한단 말인가. 결혼이나 출산은 이제 공공연히 조심해야 하는 주제지만, 나는 어쩌다 결혼도 하고 아이도 가져버렸으니 막 물어보고 걱정해도 된다고 여긴 걸까? 이미 어느 정도 피곤해졌으니?

덕분에 새로운 불발언이 생겼다.

"둘째는 계획에 없어요. 지금도 충분히 즐겁고 고단하거든요."

어쩐지 원하는 만큼 또박또박 발언하지 못하고 자꾸만 입안에 맴돈다. 어떻게 하면 거품처럼 끓는 감정은 걷어내고 담백하게 발언할 수 있을까? 차곡차곡 쌓인 이 불발언이 어서 멋진 명발언으로 거듭나길 바란다.

로엘이에게

자 만세해

너 윗도리를 갈아입히다

앞니가 툭 마루를 굴렀어

안 좋은 일이

벌써 일어난 것 같더라

이 빠지는 꿈은

흉몽이랬거든

꿈의 효력이 끝나는

만 하루 끝자락

아이의 이가 빠지는 건

더 나은 형편으로

바뀌는 징조라는 소식을

겨우 손에 쥐었어

남은 밤 몇 눈금

보드란 입술로 덮인

너의 젖니를

한 칸씩 재며

엄마는 낮게 외쳤어

휴 끝났다 만세

털끝이라도 네가 다치면

꿈이라도 싫고

티끌이라도 네가 웃으면

꿈이라도 난 좋아라

멋지다 발언,
힘내라 마음

명발언과 불발언을 모아보겠노라 마음먹었을 때, 저에게는 목표가 있었습니다. 옛날의 머뭇거림을 반성하고 앞으론 더 당당히 명발언을 남기겠다고 다짐했지요.

하지만 저의 불발언을 되돌아보며 그때, 그곳, 그 입장에 다시 서보니 이게 과연 반성할 일인가 싶었습니다. 말할까 말까 고민하느라 주눅 든 제 모습을 돌이켜

보니 참 안쓰러웠습니다.

　모든 불발언에는 사정이 있습니다. 더 정확히 이야기하면, 남을 위한 지나친 배려가 있더군요. 상대방 기분을 살피며 말할지 말지 고민했던 지난날의 굽은 등허리를 쓰다듬어봅니다. 그렇게나 남을, 상황을, 분위기를 고려하느라 참 애썼습니다.

　하지만 불발언의 시간이 허투루 지나가버리지 않았단 걸 압니다. 그런 시간들이 쌓여 어느 결정적인 날에는 지금 당장 말해야 한다고 힌트를 줬을 테니까요. 그래서 나도 힘주어 명발언을 할 수 있었겠죠.

　지금 이 순간에도 할 말은 많지만 하지 못하는 모두에게 전합니다. 우리의 성격도, 말주변도, 사회성도 탓하지 말자고요. 명발언은 쌓이고 쌓인 불발언이 밀어내어 밖으로 튀어나오기도 하니까요. 오늘도 발언을 참은 우리가 결코 못난 게 아니에요. 끝내 명발언을 날린 우리가 쓸데없이 나대는 것도 아니고요.

소소한 우리들의 위대한 발언에 박수를 보냅니다.

오래 머금고 뱉는 말

초판 1쇄 발행 2021년 5월 3일

지은이 박솔미

책임편집 김수현
디자인 Aleph design

펴낸이 최현준·김소영
펴낸곳 빌리버튼
출판등록 제 2016-000166호
주소 서울시 마포구 월드컵로 10길 28, 202호
전화 02-338-9271 **│팩스** 02-338-9272
메일 contents@billybutton.co.kr

ISBN 979-11-91228-52-6 03810
ⓒ 박솔미, 2021, Printed in Korea